노예의 삶, 인간의 목소리

노예의 삶, 인간의 목소리

프레더릭 더글러스 **지음** 백아인 **옮김**

노예제는 끝났지만, 차별은 여전히 살아 있다

프레더릭 더글러스의 외침이 지금 이 시대의 양심을 두드린다

도서출판모시는사람들

노예의 삶, 인간의 목소리

등록   1994.7.1 제1-1071
초판1쇄 발행   2026년 3월 31일

지은이   프레더릭 더글러스
옮긴이   백아인
펴낸이   박길수
편집장   소경희
편집 · 디자인   조영준
관 리   위현정
펴낸곳   도서출판 모시는사람들
　　　　03147 서울시 종로구 삼일대로 457(경운동 수운회관) 1306호
전 화   02-735-7173 / 팩스 02-730-7173
홈페이지   http://www.mosinsaram.com/

인 쇄   피오디북(031-955-8100)
배 본   문화유통북스(031-937-6100)

값은 뒤표지에 있습니다.
ISBN 979-11-6629-265-1   03840

프레더릭 더글러스는 미국사, 그중에서도 미국노예해방사를 이해하기 위해 반드시 거쳐야 할 인물입니다. 아프리카계 미국인으로 노예 신분에서 탈출해 스스로 자유인이 된 인물이지요. 그리고 흑인 해방을 위해 반노예제 운동의 연설가로 활동했습니다. 더글러스는 노예였음에도 '자유'란 무엇인지, '인간으로서의 존엄성'이 무엇인지 깨닫고 그것을 백인과 흑인들에게 각성시킨 사람입니다.

무엇보다 그의 자서전은 큰 울림을 주는데, 그가 자신을 소개하는 첫 문장부터입니다. 왜냐하면 이 자서전을 쓸 때 더글러스는 27~28살 정도 된 젊은 나이였고, 아직 노예, 그것도 도망 중인 노예 신분이었으니까요. 그를 쫓고 있는 노예 사냥꾼과 당시 사회 분위기를 생각할 때, 자신의 이름을 발설하는 것, 자신의 출생과 경험을 드러내는 것은 **목숨을 건 행위**였지요. 그래서 그의 글은 용감을 넘어서는 용감이 있습니다.

또 하나 놓쳐서는 안 될 부분은 그가 이 책을 자신의 손으로 직접 썼다는 점입니다. 1880년대 당시 노예들은 사유재산으로 여겨졌고, 교육받을 환경이 아니었다는 점을 생각하면, 이것은 보통 일이 아닙니다. 그는 독학으로 글자를 익혔고 갖은 어려움 끝에 책을 구해 읽고 생각을 발전시켰습니다. 당시 흑인들은 글을 쓰고 싶으면 백인 대필가의 도움을 받아야 했습니다. 설사 스스로 쓴다고 해도 더글러스처럼 깊은 사상과 경험 어린 글로 담아내기가 어려웠지요. 당시 **흑인이 '자신의 언어'를 갖는다는 것**, 그것으로 '자신의 생각'을 담는다는 것은 축복이자 기적이었습니다. 우리는 해석의 굴절 없이 노예였던 흑인 소년의 경험을 고스란히 만져 볼 수 있습니다.

2020년대에 왜 프레더릭 더글러스인가,를 역자는 생각하지 않을 수 없었습니다. 그러나 2020년대이기에 프레더릭 더글러스로부터 시작해야 한다는 결론을 내렸습니다. 불과 250년이 안 되는 미국 역사 속에서 가려져 있는, 아니 들여다보지 않았던 흑인의 역사가 지금이라도 덮개를 열고 밝혀져야 하는 시점입니다. **흑인해방의 역사를 이해하지 않고서는 현재 미국의 역사와 정치를 이해하기 어려우니까요.** 미국 내에서 번번이 불거져 나오는 백인중심주의나 흑인들의 저항이 어디서 비롯됐는가를 더글러스의 자서전을 통해 이해하게 됩니다. 그것은 어쩌다 불툭 튀어나온 옹이가 아닙니다. 미국의 역사 속에 오랫동안 잠재되어 있는 아직 치료되지 않은 상처이지요.

흑인들의 역사는 미국에 정착한 한국인 및 동양인들의 역사와도 결코 거리가 멀지 않습니다. 전세계가 역동하는 가운데 인종들이 얽혀, 세계 속 K문화를 이야기하는 2020년대에 우리도 더 이상은 인종차별 이슈와 동떨어져 있지 않지요. 동양인이 차별받는 것처럼, 한국인 **역시 같은 동양인 혹은 다른 인종과 민족을 차별하고 있지 않은지 자가점검이 필요합니다.**

물론 노예제도는 공식적으로 역사에서 사라진 제도입니다. 그러나 아직도 우리 내부에 숨어 있는 인종에 대한 혐오, 우리와 다른 이에 대한 혐오가 외연만 바꾸었을 뿐 순간순간 역사의 현장에 튀어나오곤 합니다. 타인을 피부색이나 성별, 사랑의 방식, 혹은 종교 등으로 여전히 혐오하는 걸 보곤 하지요. 극단적인 정치성향, 경제적 차이도 혐오를 유발하는 시대입니다. 그래서 이 책은 단순히 1880년대 미국의 노예제도만이 아니라 인간이 인간을 혐오하거나 인간을 인간으로서 보지 않고 단지 도구화하는 지점에서 끊임없이 경종을 울리고 있습니다.

이 책은 또한 시대를 뛰어넘어, **자유**에 대해 말하고 있습니다. 우리가 뭔가에 얽매여 있고, 뭔가의 노예로 살고 있지 않은

지 현실을 환기시키지요. 당연하다고 여기는 사회 제도나 현실이 사실은 편견에 불과한 것은 아닐까요? 그런 점에서 우리는 스스로를 자유롭다고 말할 수 있을까요? 현재 우리가 속한 시대의 편견에서 자유롭고자 하고, 스스로를 세우기 위해서는 더글러스와 같이 자신의 상황을 돌아보고 새로운 사상을 배우고 익히려는 집념이 있어야 하지 않을까요?

더글러스는 열악한 상황에서 희망을 잃지 않고 대범한 사상으로 자신의 삶을 이끌었습니다. 뿐만 아니라 다른 사람들에게도 생각의 끈을 던질 수 있었지요. 또한 프레더릭 더글러스는 미국의 남북전쟁을 흑인 해방전쟁으로 이끄는 넓은 시야가 있었습니다. 흑인이 미국 성조기 아래 참전하게 함으로써 미국의 '시민'으로 살아가게끔 노력했으며, 마침내는 **투표권을 당당하게 받아내 미국 수정헌법에도 영향을 미쳤지요.**

메릴랜드의 플랜테이션 농장에서 태어난 한 흑인 소년이 볼티모어란 도시의 공기를 마시고, 코비라는 농장주의 가혹한 매질에 저항하며, 결국에는 자신의 자유를 향해 북부로 도망한 영화 같은 삶이 이 자서전 속에 담겨 있습니다. 그러나 이 책을 덮으며 우리가 알아야 할 것은, 그의 진짜 역경은 바로 이 책이 출간된 이후였다는 것입니다. 그래서 이 책이 그의 인생에 던져준 또 다른 난관들을 생각하면 가슴이 저며옵니다.

짧은 책이지만 더글러스의 마음을 이해하기 위해, 또 흑인들이 지닌 역사의 희생자로서의 아픔을 이해하기 위해 여러 번 주저하고 마음 아파하며 번역했던 부분이 많았습니다. 책 한 권이 한 사람의 인생을 바꿀 수도 있다고 믿습니다. 이 책이 단 한 사람에게라도 세상에 조금이라도 빛이 되길 바랍니다.

이 책이 나올 수 있게 도와준 마음 따뜻한 분들께 감사를 드립니다. 100년 전 상황을 명확히 알고자 던진 무수한 질문에, 시차를 뛰어넘어 열성적으로 답해 준 라샨 하가드(Rashaan Hoggard)는 이 책이 한국에 꼭 소개되고 잘 번역되길 염원해 주었습니다. 직접 더글러스의 흔적을 보겠다고 찾아간 볼티모어에서 더글러스의 유적지를 안내해 준 가이드 루 필즈(Lou Fields), 워싱턴 D.C.에서 우연히 길에서 마주쳤음에도 더글러스의 집까지 동행해 준 흑인 친구들, 세세히 교정해 준 나진강(Albert Nah) 님, 책으로 빛을 보게 도와주신 '모시는사람들' 박길수 대표님께 이 자리를 빌어 감사를 드립니다. 이제 독자들을 만나 그들의 삶에도 작은 빛이 되길 바랍니다.

2026년 2월

백아인

차례

옮긴이의 말 ___ 5

프롤로그 / 윌리엄 로이드 개리슨 ___ 13

추천사 / 웬델 필립스 ___ 33

01 내 나이를 나는 알지 못한다 ___ 41

02 위대한 농장 ___ 53

03 넌 누구 노예지? ___ 65

04 피로 얼룩진 일들 ___ 73

05 해안도시 볼티모어로 ___ 83

06 노예로 만들 수 있는 힘 ___ 93

07 스스로 글을 배운다는 것 ___ 101

노예의 삶,
인간의 목소리

08 짐승과 인간 ____ 113

09 농장 노예가 되다 ____ 123

10 자유를 향한 몸부림 ____ 135

11 탈출 ____ 195

덧붙이는 글 / 노예제도를 옹호하는

미국의 기독교에 대하여 ____ 221

프레더릭 더글러스 연보 ____ 236

일러두기

* 이 책은 Frederick Douglass의 『Narrative of the Life of Frederick Douglass, an American Slave』(Boston: The Anti-Slavery Office, 1845)를 우리말로 옮긴 것이다.

* 본문 주석은 옮긴이의 주이며, 원주의 경우 [원주]라 밝혀 두었다. 원문에서 이탤릭체나 대문자로 강조한 것은, 굵은 체로 표시했다.

프롤로그*

윌리엄 로이드 개리슨**

* 이 글은 윌리엄 로이드 개리슨이 1845년 5월 1일 보스톤에서 쓴 글이다.

** 윌리엄 로이드 개리슨(William Lloyd Garrison, 1805-1879)은 백인으로 미국의 노예
제도 폐지론자, 언론인, 사회운동가이다. 노예제도 폐지를 주장한 신문 『해방새(The
Liberator)』를 창간했다.

1841년 8월 나는 낸터킷에서 열린 반노예제 대회에 참석했습니다. 그곳에서 이 책을 쓴 **프레더릭 더글러스**를 알게 된 것은 행운이었습니다. 그는 협회 대부분의 인사를 알지 못했습니다. 당시 그는 남부 노예제도라는 속박에서 막 도망친 상태였고 노예 시절에 폐지론자에 대해 어렴풋이 들은 모양이었습니다. 그때 그는 뉴베드퍼드에 살고 있었지만 그가 처한 현실이 그를 대회로 이끈 듯했지요.

다행입니다. 참으로 다행스런 일이었습니다. 아직도 처참한 노예 상태에서 해방을 갈구하는, 결박된 수백만 형제들에게 다행이었습니다. 흑인해방과 전 세계 자유 운동의 대의를 위해서도 행운이었지요. 그가 구원과 축복을 주려 그토록 애써 왔던, 자신이 태어난 국가에도 축복이었습니다. 그가 견뎌 온 많은 고난, 그의 고결한 인품, 그리고 여전히 속박된 동료 노예들과 함께 있는 듯 그들을 잊지 않는, 그를 동정하고 사랑하는 많은 친구와 지인들에게 다행이었습니다. 수많은 군중, 우리 공화국 각지에서 온 이들에게 천만다행이었지요. 이들은 그를 통해 노예제도의 진실을 알게 되었고, 그의 고초에 눈물을 흘렸으며, 그의 좌중을 휘젓는 연설을 통해 인간을 노예화하는 자들에 대한 고결한 분노를 느꼈습니다. 또한 그 자신을 위해서도 다행스러운 일이었습니다. 사회에 보탬이 되는 일을 하게 되자, "세상을 향해 (그 자신이) **남자**란 확신을 주"*였으며, 잠들어 있던 제 영혼의 에너지를 일깨워, 압제자의 몽둥이를 분지르고 압제 당하는 자를 자유롭게 하는 위대한 일에 헌신하게 됐으니 말입니다.

대회에서 그가 처음 펼친 연설을 나는 결코 잊지 못합니다. 마음을 휘저으며 요동치던 감정. 얼얼한 충격을 던지며, 수많은 청중 마음에 뚜렷한 인상을 새겨 넣던 것. 절묘하게 선택된 언어로 짜여진 연설의 처음부터 끝까지 이어지던 박수갈채. 돌아보건대 그 순간만큼 격렬하게 노예제도를 증오한 적이 없습니다. 피해자들의 성스러운 본성에 가해지는, 노예제도로 인한 가혹행위에 대해, 내 인식이 전보다 훨씬 명료해졌습니

---

* 셰익스피어 『햄릿』3막 4장.

다. 한 사람이 있었습니다. 단단한 체구에 주변을 압도할 정도로 큰 키에다, 지적으로 풍요롭고, 천부적인 연설의 천재였지요. 분명 "천사보다 조금 못하게 창조된"* 영혼을 지녔을 뿐이었고요. 그러나 그는 여전히 노예, 아니 도망 중인 노예였습니다. 안전을 위협받아 두려움에 떨고 있었고, 미국 땅에서 백인이라면 단 한 명도 믿을 수가 없었지요. 백인이 갖은 위험을 무릅쓰고 신과 인간의 사랑을 다해 자신과 친구가 되어 줄 수도 있다는 걸 감히 믿을 수가 없었습니다. 그는 지적으로나 도덕적으로나 높은 성취를 이룰 수 있는 존재였습니다. 교양을 약간 쌓는 것만으로도 사회에 보탬이 되고 자신의 인종에 축복이 될 그였지요. 그럼에도 국가법, 사람들의 견해, 노예 규정의 조항들로 인해 그는 단지 재산의 일부이자 짐을 짊어진 짐승, 개인 소유물에 불과했습니다.

뉴베드퍼드의 내 소중한 친구가 더글러스 씨에게 대회에서 연설해달라고 설득했습니다. 그런 자리가 익숙지 않았던 그는 마음이 섬세한 사람이라면 으레 그러하듯 주저하고 당혹스러

---

* 시편 8:5. '천사와 비견할 만큼 고귀한'의 뜻.

워하며 강단에 올랐습니다. 그는 먼저 자신의 무지함에 용서를 구하며, 노예제도가 인간 지성과 감성을 기르는 데 열악한 학교라는 걸 일깨웠습니다. 그러고 나서 자신이 노예였던 시기에 있던 몇 가지 일화를 말하기 시작했지요. 연설이 진행될수록 숭고한 생각과 전율을 일으키는 통찰이 그의 입에서 흘러나왔습니다. 그가 자리에 앉자마자, 나는 희망과 찬탄에 휩싸여 일어나 외쳤습니다. "혁명가의 명성을 얻은 **패트릭 헨리**[*]도 저 쫓기는 도망자 입술에서 나온, 방금 들은 연설보다 감동적으로 자유의 기치를 말한 적은 없었습니다"라고. 그때 나는 그렇게 믿었고, 지금도 그 믿음은 변함이 없습니다. 그러고 나서 스스로 자신을 해방한 이 젊은이 주위에 어떤 위험이 여기 북부에 도사리고 있는지 청중에게 상기시켰습니다. 더군다나 처음 아메리카 땅을 밟은 순례자 아버지들[**]의 땅인 매사추세츠에서, 혁명가 아비들의 후손들 사이에서 말입니다. 법률로든 아

---

[*] 패트릭 헨리(Patrick Henry, 1736-1799) : 미국 독립 혁명의 지도자로 제2차 버지니아 협약(1775)에서 "자유가 아니면 죽음을 달라!"라는 연설로 영국 본국과의 개전을 주장했다.

[**] 순례자 아버지들(Pilgrim Fathers) : 1620년 메이플라워호로 미국으로 건너가 정착한 영국 청교도단을 말한다.

니든, 헌법으로든 아니든, 그를 다시 노예가 되게 내버려 둘 것인지 그들에게 물었습니다. 대답은 천둥처럼 우렁차게 울렸습니다. "아니오!" "여러분은 그를 유서 깊은 베이주(州)* 주민이자 형제로 돕고 보호하겠습니까?" "네!" 모든 군중이 외치는 에너지가 어찌나 대단하던지, 강력한 감정의 포효가 메이슨 딕슨선** 남쪽의 무자비한 폭군들에게까지 들릴 정도였습니다. 대답한 자라면 결단코 그를 배신하지도 떠돌게도 하지 않을 터였지요. 이 버림받은 자를 숨겨줄 것이고 어떤 위험이든 의연히 감수하겠다는 결연한 의지를 비치는 맹세였고, 폭군들조차 족히 알아차릴 정도였습니다.

그 자리에서 나는 깊은 인상을 받았습니다. 만일 **더글러스**씨를 설득해 그의 시간과 재능을 반노예제 운동을 알리는 데 쏟도록 할 수만 있다면 강력한 추동이 될 터였습니다. 동시에 북부가 품고 있던 흑인에 대한 편견에 강렬한 충격을 안겨줄

---

* 　베이주(Bay State) : 매사추세츠주(州)를 말한다.
** 당시 노예제도를 폐지한 북부 주와 노예제도를 실시하는 남부 주를 구분하는 경계선을 말한다.

터였습니다. 그래서 더글러스 씨와 같은 처지의 사람*에게는 상당히 이례적이자 막중한 책임을 부여하는 이 일에 대담하게 참여할 수 있도록, 그의 마음에 희망과 용기를 불어넣으려 애썼습니다. 이러한 내 노력은 특히 '매사추세츠 반노예제 협회'의 전 총책임자였던 **존 A. 콜린스** 씨**(그의 판단도 내 생각과 전적으로 일치했습니다) 등 따뜻한 친구들의 도움을 받았지요.

처음에 더글러스 씨는 우리 권유를 받아들이려 하지 않았습니다. 진심으로 주저하며 자신은 이런 중대한 임무를 맡기엔 부족한 것 같다고 했습니다. 그 앞에 놓인 길은 누구도 밟아 보지 못한 길이었고, 자신이 이 일에 도움이 되기보다 폐가 될까 진심으로 염려했지요. 깊은 고심 끝에 그는 한번 시도해 보기로 했습니다. 이후로 그는 '미국 반노예제 단체' 혹은 '매사추세츠 반노예제 단체'의 후원을 받아 강연자로 활동해 왔습니다.

---

* 당시 더글러스는 도망 중인 노예 신분이었다. 대중들에게 쉽게 노출되는 대중연설에 나서는 것은 그에게 목숨을 내놓는 일이기도 했다.

** 존 A. 콜린스(John Anderson Collins, 1810-1890) : 백인으로서 미국의 노예제도 폐지론자이다. 노예제도 폐지론을 위한 정기 간행물인 『더 먼슬리 오퍼링(The Monthly Offering)』과 『먼슬리 가랜드(Monthly Garland)』의 편집자로 활동했다.

그의 강연은 상당히 풍성한 열매를 맺었습니다. 그는 편견에 맞섰고, 많은 이를 폐지론자의 길로 들어서게 했으며, 대중의 마음을 흔드는 데 성공했습니다. 그가 눈부신 여정을 시작할 때 가졌던, 앞으로 일어날 거라 예상했던 낙관적 기대를 훌쩍 뛰어넘는 수준이었지요. 그는 타고난 성품이 온화하고 온순했지만 진정 남자다운 태도를 보여주었습니다. 대중 연설가로서 호소력, 재치, 비유, 모방, 강력한 추론, 적절한 언어 구사에 탁월했습니다. 머리를 계몽하고 마음을 사로잡는 데 없어서는 안 될, 머리와 마음을 조화시키는 데서 오는 내면의 힘이 있었습니다. 그의 능력이 계속해서 매일매일의 역경을 감당할 수 있기를! 고국에서든 해외에서든 피 흘리는 인류를 위해 더욱더 헌신할 수 있도록 끊임없이 "예수 그리스도의 은혜와 그가 아는 지식에 의해 자라"* 나기를!

현재 대중 앞에서 노예들을 대변하는 영향력 있는 옹호자 중 하나인 **프레더릭 더글러스**가 도망 노예(도망 중인 노예)라는 사실은 특히 주목할 만합니다. 또한 미국의 자유 흑인(자유인인 흑인)

---

* 베드로후서 3:18

을 당당히 대표할 수 있는 자가, 유려한 호소로 대서양 양편에서 드높은 박수갈채를 끌어내는 **찰스 레녹스 레몬드**[*]라는 자유 흑인이란 것도 굉장히 놀랍습니다. 그러니 자신들의 저열하고 틀에 박힌 영혼은 돌아보지 못하고, 인간으로서 최고 경지에 다다르기 위해 단지 시간과 기회만 주어지면 되는 흑인들에게, 타고난 열등 따위를 운운하는 모략가들의 입을 영원히 잠재워 주시기 바랍니다.

지구상 그 누가 아프리카계 흑인 노예들처럼 인간성을 지키면서도 노예 생활의 고통과 궁핍, 공포를 견딜 수 있었을까요? 이렇게 묻는 것은 꽤 정당한 일일지도 모릅니다. 노예제도는 모든 수단을 동원해 지성을 절뚝이게 하고 영혼을 짓밟습니다. 또한 윤리적 본성을 타락시키고 인간성을 모조리 말살하려 합니다. 그럼에도 수 세기 동안, 흑인들은 신음이 절로 나는 모진 족쇄를 얼마나 굳건히 견뎌 냈는지! 노예제도가 백인에게

---

[*] 찰스 레녹스 레몬드(Charles Lenox Remond, 1810-1873) : 매사추세츠에 기반을 둔 미국의 웅변가, 활동가, 노예제도 폐지론자다. 그는 아프리카계 미국인인 자유 흑인 부모 사이에서 태어난 자유 흑인이었다. 유창한 연설로 명성을 얻었으며, 노예제도 폐지에 관한 최초의 흑인 공개 연설가로 알려져 있다.

끼친 영향을 묘사해 보자면, 즉 같은 환경에 처한 백인의 인내력을 보자면, 흑인보다 나을 것도 없습니다. 이를 보여주는 예를 들면 대니얼 오코넬이 소개한 일화가 있습니다.

대니얼 오코넬[*]이 인간 해방운동의 옹호자이자, 굴복하였으되 정복당하지는 않은 아일랜드의 강력한 챔피언임은 익히 아실 것입니다. 1845년 3월 31일 더블린 화해홀에서 열린 '왕정국가 폐지 협회'에서 **오코넬**은 연설 중에 다음과 같은 일화를 소개했습니다. "어떤 그럴듯한 말로 본모습을 위장하더라도 노예제도는 여전히 소름 끼치는 것입니다. **고귀한 인간 능력을 자연스럽고도 당연하게 짐승화시켜 버립니다.** 아프리카 해안에 던져져 3년간 노예였던 한 미국인 선원은 3년이 지난 뒤, 짐승처럼 변해 백치가 된 채로 발견됐습니다. 그는 이성적 사고 능력을 상실하고 말았지요. 모국어를 잊어버렸으며, 아라비아어와 영어 사이 어중간한 말 몇 마디를 횡설수설할 뿐이었습니

---

[*] 대니얼 오코넬(Daniel O'Connell, 1775-1847) : 아일랜드의 정치가로, 아일랜드를 뛰어넘어 전 세계 노예제도 폐지론자로서의 면모를 보이며, '해방자(The Liberator)'로 칭송받았다. 영국으로부터 아일랜드를 해방하려 했지만 '1800년 연합법 폐지'와 '아일랜드 의회 복원'에 실패하기도 했다.

다. 누구도 그의 말을 알아듣지 못했고, 그 자신조차도 말을 내뱉는 것을 힘들어 했습니다. **국내 제도(노예제도)가 인간성 계발에 도움을 준다는 주장이 얼마나 허무맹랑합니까!**" 이 일화가 인간이 정신적으로 퇴화한 예외적인 사례라 하더라도, 최소한 백인 노예도 흑인 노예 못지않게 인간성을 상실할 수 있다는 걸 증명하고 있습니다.

더글러스 씨는 대필자를 고용해 자서전을 쓰기보다, 온당하게도 능력이 닿는 한 직접 자신의 문체로 쓰기로 결정했습니다. 따라서 이 이야기는 모두 그 자신의 작품입니다. 그가 노예로 살았던 이력이 얼마나 길고 암암했던가, 그리고 무쇠 족쇄를 부순 뒤에도 정신을 함양할 기회가 얼마나 부족했던가를 참작해 볼 때, 그의 지성과 감성에 깊은 신뢰를 보내게 됩니다. 눈가에 눈물이 어리고 가슴이 미어지며 마음이 괴롭지 않고서는 이 책을 정독하기 어렵습니다. 책을 읽다 보면 노예제도와 노예제도를 사주하는 모든 자들에 대한 형언하기 어려운 혐오감이 가득 차오르게 되고, 저 형편없는 제도를 당장 타도하겠다는 다짐이 서게 됩니다. 언제나 억압당하는 이들의 편에 서시고 그들을 구하고자 팔 뻗어주시는 정의로운 하나님 손에서 이뤄지는 이 나라의 운명에 몸서리치게 됩니다. 이 책을 읽으며 그런 느낌에 사로잡히지 않는다면 냉혈한이거나 "종들과 사람의 영혼"** 밀매자 역할을 할 만한 사람일 테지요.

나는 이 책의 모든 문장이 기본적으로 전부 진실이라고 자신합니다. 즉, 어떤 것도 악의로 기록하지 않았고, 과장한 것도 상상에서 끌어온 것도 없다고 봅니다. **노예제도 있는 그대로**를 말할 뿐 순화했으면 했지 어떤 사실도 부풀리지 않았습니다. **프레더릭 더글러스**가 겪은 노예로서의 경험이 유별난 것은 아니었습니다. 그의 운명이 특별히 부침이 있던 것도 아니었지요. 조지아, 앨라배마, 루이지애나에 비하면 먹을 것도 나은 편이고 대우도 덜 잔인하다고 인정받는 주(州)인 메릴랜드주 노예의 일반적인 표본이라 할 수 있습니다. 플랜테이션 농장의 많은 노예가 더글러스보다 훨씬 고통받고 있으며 그보다 덜 고생스러운 이는 실로 드뭅니다. 그럼에도 더글러스의 현실은 얼마나 개탄스러웠습니까! 얼마나 매서운 체벌이 그의 육체에 가해졌습니까! 게다가 그의 정신에 저질러진 잔학무도한 행위들은 또 얼마나 충격적입니까! 고귀한 능력과 숭고한 열망

* 요한계시록 18:13.

을 지니고 있음에도 얼마나 짐승처럼 다루어졌는지! 그것도 내면에 예수 그리스도와 같은 마음이 있다고 주장하는 자들이 저지른 일이었습니다! 그가 끊임없이 시달려야 했던 삶의 무게는 얼마나 가혹했습니까! 악조건에서도 따뜻한 조언이나 도움을 바랄 수 없는 곤궁함이라니! 어둠이 희망의 희미한 빛줄기를 덮고, 공포와 암울이 미래를 채우던 비통한 자정은 얼마나 무거웠던가요! 그의 가슴을 사로잡은 자유에 대한 갈망, 또 사색과 지성이 성장해 갈수록 한층 깊어지는 그의 불행, 그러므로 행복한 노예란 인간다움의 말살을 의미한다는 것을 얼마나 잘 보여주고 있습니까! 사지가 사슬에 묶인 채 노예 몰이꾼의 채찍을 맞으며 그가 어떻게 생각하고 추론하며 느꼈는지! 잔혹한 운명으로부터 도망하려 발버둥치는 와중에 마주친 위험들까지! 동정 없는 적들의 나라 한가운데서 그가 구조되고 살아남은 것은 얼마나 귀한 일인지 모릅니다!

이 책에는 마음에 와 닿는 사건들과 호소력 짙은 구절들이 많이 담겨 있습니다. 그중에서도 제가 가장 전율한 장면은 체서피크만(灣) 둑에 서서, 자신의 운명과 언젠가 자유인이 될 미래에 관해 **더글러스**가 독백으로 자신의 감정을 쏟아내는 부분입니다. 선박들이 산들바람에 맞서 흰 날개를 펼친 채 멀리 떠나가는 걸 바라보며 하던 말. 생생한 자유의 정신으로 한껏 고조된 마음으로 선박들을 향해 부르짖던 장면. 과연 누가 저 구절을 읽으며 비애와 숭고에 무감할 수 있겠습니까? 논박과 간청, 비판 등 할 수 있는 표현 방식으로 인간을 다른 인간의 사유재산으로 만드는 죄악 중의 죄악에 맞설 것을 촉구하는 저 구절들은, 마치 알렉산드리아 도서관*처럼 사상과 감정, 정서가 압축되어 있습니다!

오, 노예제도라니 얼마나 저주스러운 것입니까! 그것은 신을 닮은 인간의 마음을 깊이 파묻어 버리고 신적인 이미지를 훼손시키며, 창조주에 의해 영화롭고 존귀하게 된 이들을 네발 달린 짐승에 불과한 존재로 격하시킵니다. 게다가 인간 살점을 거래하는 노예상들을 하나님 보다 높이 칭송하고 있습니다! 노예제도가 어째서 한순간이라도 더 존재해야 합니까? 그것은 되풀이되는 악행에 불과하지 않습니까? 미국 노예제도의 존속이란 신에 대한 두려움도 인간에 대한 배려도 사라졌다는 것

---

* 기원전 3세기 초 프톨레마이오스 왕조 때 설립된 도서관으로 헬레니즘 시대의 도서를 소장한, 국제적이며 가장 큰 도서관이었다.

말고 무엇을 의미한단 말입니까? 신이여, 노예제도가 속히 이 땅에서 사라지게 하소서!

많은 이들이 노예제도의 본질에 지극히 무지합니다. 그리하여 노예제도의 희생자에게 매일 가해지는 잔혹 행위를 듣거나 읽게 될 때면, 오기에 가까울 정도로 믿지 않으려 합니다. 그들은 노예가 재산으로 책정되는 사실을 부정하진 않습니다. 그러나 그 참혹한 사실로부터 부당함, 잔학 행위에의 노출, 혹은 야만적 만행이 불거져 나온다는 것을 도출하지 못하지요. 그들에게 잔혹한 채찍질, 사지 절단과 노예 낙인, 피와 성폭력의 장면, 모든 빛과 지식이 금지당한다는 것을 말해 보십시오. 그러면 그들은 지나친 과장이라고 말합니다. 도매급으로 뭉뚱그려 비난하는 허위 진술일 뿐 아니라, 남부 플랜테이션 농장주 인격에 대한 심각한 명예훼손이라며 엄중히 분노하는 위선을 떨지요. 이 모든 끔찍한 만행이 노예제도의 당연한 귀결이 아니라는 듯이! 인간을 물건 취급하는 것이, 모진 채찍질을 하거나 생활필수품인 음식과 옷을 뺏는 것보다 덜 잔인하다는 듯이! 채찍, 사슬, 엄지 손가락을 조이는 고문 기구, 구타용 노, 사냥개, 노예 감독관, 노예 몰이꾼, 순찰대가 노예를 억압하기 위해, 무자비한 억압자를 보호하기 위해 꼭 필요한 것이 아니라는 듯이! 결혼제도가 무너지더라도 축첩, 간통, 근친상간이 넘쳐날 리는 결단코 없다는 듯이! 인간으로서의 모든 권리를 빼앗긴다 해도, 약탈자 노예주의 분노에 맞서고 희생자 노예를 보호하는 최소한의 방벽이 남아 있기라도 한 듯이! 노예주가 노예의 삶과 자유를 절대 권력으로 장악하더라도, 파괴적인 지배로 남용될 리가 없다는 듯이!

이런 자명한 현실을 의심하는 자들이 사회에 만연해 있습니다. 아주 드물게는 반성의 결여에서 나오는 불신입니다. 그러나 일반적으로 그러한 불신은 밝음에 대한 증오, 노예제도를 반대파의 공격으로부터 지키려는 욕망, 노예든 자유인이든 흑인종에 대한 경멸을 시사합니다. 그렇듯 그들은 이 진실한 책에 기록된, 노예 소유의 잔인함을 보여주는 충격적인 일화들이 신빙성이 없다고 주장할 것입니다. 그러나 전부 헛수고가 될 것입니다. **더글러스** 씨는 자신의 출생지, 그의 육체와 영혼의 소유권을 주장하는 자들의 이름, 범죄 혐의가 제기된 자들의 이름까지 그대로 밝혀 두었으니까요. 그의 말이 사실이 아니라면 쉽게 오류를 증명할 수 있을 것입니다.

이 책 속에서는 살인도 마다않는 만행에 대한 두 예시가 나옵니다. 하나는, 이웃 농장의 노예가 조개류를 따려다 실수로 자신의 소유지로 들어오자, 노예에게 총을 쏜 농장주의 일화입니다. 다른 하나는 한 노예가 혹독한 채찍질을 피해 시냇물로 도망가자, 노예의 머리를 총알로 날려버린 감독관 일화입니다. **더글러스** 씨는 이들 사건에 합법적인 체포나 사법적 조사가 조금도 이루어지지 않았다고 언급합니다. 1845년 3월 17일 자《볼티모어 아메리칸》이란 신문은 이와 유사한, 처벌 없이 저질러진 잔학행위를 보도하고 있습니다.

"총살당한 노예

본사는 메릴랜드 찰스카운티로부터 받은 한 신사의 믿을 만한 제보를 통해 다음과 같은 사실을 알게 되었다. 매튜스 장군의 조카인, 매튜스라는 청년이 자기 아버지의 농장 노예 중 한 명을 총살한 것으로 보인다. 제보에 따르면, 젊은 매튜스는 농장을 감독하던 중, 그가 내린 명령을 하인이 이행하지 않자, 집에서 **총**을 들고 와 하인을 쏘았다. 그는 즉시 아버지의 거주지인 워싱턴으로 도피했으며, 여전히 무사안일하게 살고 있다."

결코 잊어선 안 되는 것은 이것입니다. 노예주나 감독관이 흑인노예에게 아무리 추악한 짓을 저질러도, 그 행위에 대한 처벌이 이뤄지지 않는다는 점입니다. 자유인이든 노예든 간에 흑인이 증인으로 선다면 말입니다. 노예 규약에 따르면, 흑인은 백인에 반하는 증언을 하기엔 무능력하다고 판단하고 있습니다. 마치 흑인들이 정말로 짐승인 것처럼 말이죠. 따라서 사실상 어떤 형태로든 간에 노예를 위한 법적 보호 장치는 존재하지 않습니다. 처벌이 전혀 없기 때문에, 어떤 끔직한 잔학행위라도 노예에게 저지를 수 있지요. 인간으로서 이보다 잔혹한 사회를 상상할 수 있을까요?

남부 농장주들이 종교를 표방하면서 농장을 경영한 결과가 이 책에서 생생히 묘사되고 있습니다. 그리고 종교가 농장에 조금도 이롭지 않음을 보여줍니다. 본질상 극도로 해로운 것이 틀림없지요. 신앙 깊은 농장주에 대한 더글러스 씨의 증언은 구름떼처럼 많은 증인에 의해 지지받고 있습니다. 그들의 진실성은 의심의 여지가 없습니다. "노예주가 기독교도라고 공언하는 것은 명백한 사기행각이다. 그는 중죄를 저지른 흉악범이다. 인신매매범이다. 당신이 천칭의 반대쪽에 무엇을 올리는지는 중요치 않다."

독자들이여! 당신들은 인신매매범들에게 동조하고 그들과

동일한 목적을 공유하겠습니까, 아니면 짓밟힌 희생자들의 편에 서겠습니까? 전자라면, 당신은 하나님과 인간의 적입니다. 후자라면, 당신은 감히 그들 편에 서서 뭔가를 할 준비가 되어 있습니까? 모든 멍에를 부수고 억압받는 이들을 자유롭게하기 위해 끝없는 노력을 다하고, 항상 깨어있으되 지치지 말아야 합니다. 어떤 고난이 닥치고 어떤 대가를 치르더라도, 산들바람에 펼쳐놓을 현수막에 당신의 종교적 정치적 신념을 새겨 놓으십시오.

"노예제도와의 타협은 없다! 노예주들과의 연합은 없다!"

기대와 염려를 담아*
– 더글러스 씨에게 보내는 편지

웬델 필립스**

---

* 이 글은 웬델 필립스가 1845년 4월 22일 보스톤에서 더글러스가 스스로의 이야기
를 쓰는 용감한 일에 대하여 격려와 응원을 담아, 더글러스에게 보내는 편지글이다.

** 웬델 필립스(Wendell Phillips, 1811~1884)는 미국의 노예제도 폐지론자로 미국 원
주민들을 옹호했으며, 연설가이자 변호사였다. 흑인들에게 '인종적 편견에서 벗어난
백인'으로 여겨지며, '흑인을 위한 변호사'로 불렸다.

친애하는 친구에게

「인간과 사자」라는 옛 우화를 아실 겁니다. "사자가 역사를 썼다면" 그렇게 사자를 말도 안 되게 표현하지는 않았을 거라 불평하는 이야기지요.*

"사자들이 역사를 쓰는" 때가 와서 기쁩니다. 오랫동안 우리는 노예주들이 무심코 흘린 증거들을 통해 노예제도의 특성을 이해하게 됐습니다. 노예주와 노예 사이의 관계를 보다보면 하나하나 추적해 보지 않더라도 그 결과가 대체로 어떠하리란 걸 충분히 확신할 수 있지요. 일주일에 옥수수 반 팩(3.76리터)을 바라보며 노예 등짝에 휘두르는 채찍질 횟수나 세려는 자라면,

---

* 「인간과 사자」는 이솝우화로, 인간과 사자가 서로 누가 나은지 논쟁을 벌이는데, 인간이 더 훌륭한 이유를 대기 위해 '인간이 사자를 때려눕히는 동상'을 가리킨다. 그러자 사자는 사자가 동상을 만들었다면 그와 반대로 사자가 인간을 때려눕히는 동상을 만들었을 것이라 말한다. 역사나 예술이 누구의 관점에서 쓰이느냐에 따라 사실이 왜곡된다는 걸 꼬집는 우화이다.

개혁가나 폐지론자가 될 "재목(材木)"은 아니기 마련입니다.

1838년 그들이 우리의 일원*이 될 수도 있다는 기대를 품고, 많은 이들이 서인도 제도의 실험** 결과를 기다리던 것을 나는 기억합니다. 그 "결과"는 이미 오래전에 나왔습니다만 아쉽게도 대다수가 폐지론자가 되지는 않았지요. 우리는 노예제도가 설탕 생산량에 끼치는 영향이 아닌 다른 기준으로 노예 해방의 가치를 판단해야 합니다. 또한 남자들을 굶주리게 하고 여자들을 채찍질한다는 단순한 이유가 아닌, 근본적인 이유로 노예제도를 증오할 줄 알아야 합니다. 그래야 노예제도 반대론자로서의 삶에 초석을 놓을 만하다 할 수 있지요.

당신 이야기를 통해, 하나님의 소외된 자녀들이 자신의 권리와 자신에게 가해진 부당함을 얼마나 일찍 깨달았는지 알게 되

* 폐지론자를 의미함.
** 1838년 서인도 제도 실험이란, 영국이 캐리비안의 서인도 제도에서 노예들에게 자유인 지위를 주고 설탕 수확 일을 준 뒤, 설탕 생산량이 이전보다 늘었나를 관찰한 일을 말한다. 설탕 생산량이 늘어나면, 노예 상태보다 자유인 상태인 것이 낫다는 근거로, 노예를 해방할 논거를 마련한다는 취지였다. 그러나 자유인 일당을 받게 될 거라 가정만 하고, 실제로 노예에게 자유를 주거나 일당을 주지는 않았다. 당연히 실험은 실패로 끝났다.

어 기뻤습니다. 경험은 예리한 선생님입니다. 당신이 A, B, C
를 깨치기 한참 전, 혹은 체서피크만의 "흰 돛들"이 어디로 향
하는지 알기 한참 전에, 당신은 이미 노예의 비참한 현실을 알
아차리기 시작했습니다. 노예로서의 허기와 결핍, 혹은 채찍
질이나 고된 노동을 통해서가 아니라, 영혼에 드리워지는 잔인
하고 음울한 죽음을 통해 비참함을 깨달은 것입니다.

여기 당신의 기억을 특별히 가치 있게 만들고 당신의 때이른
통찰이 얼마나 빼어난 것이었나 알려주는 배경이 하나 있습니
다. 당신이 노예 생활을 했던 지역이 그나마 노예제도가 온건
하다는 점입니다. 그렇다면 과연 노예제도의 가장 유한 상황이
어떠한지 들어 보고, 밝은 면이 있다면 무엇인지 들여다봅시
다. 그러고 나서 상상력을 발휘해 그 그림에 어두운 선을 덧칠
해 보는 것이죠. 상상력을 따라 남쪽으로 미시시피강이 흘러드
는 (흑인들의) 죽음의 그림자 계곡까지 답사해 봅시다.

또 우리는 오랫동안 당신을 알아 왔기에 당신의 진실함, 솔
직함, 성실함을 전적으로 신뢰할 수 있습니다. 당신 연설을 들
은 이들도 그러했으며, 확신하건대 당신 책을 읽는 사람들 모
두 당신이 온전한 진실을 품은 적절한 표본이 된다는 것에 동
의할 겁니다. 어떤 한 개인의 친절함이 두드러지는 바람에, 그

것과 기묘하게 얽혀 있는 이 사악한 제도가 잠시나마 희석될 때도 있을 테지요. 그러나 당신은 한쪽에 치우쳐 묘사하거나 그들마저 뭉뚱그려 일반화함으로써 비난하지 않고 엄격한 공정성으로 그려냈다는 것에 모두 동의할 겁니다. 당신은 우리와 여러 해를 함께했으므로, 북부 흑인들이 누리는 권리의 여명기와 메이슨 딕슨 선 남부의 "한밤중"을 온당하게 비교할 수 있을 테지요. 그러니 매사추세츠에서 반쯤 자유로운 흑인이, 농장에서 잘 대우 받는 노예보다 과연 더 궁핍한지 우리에게 말해 주십시오!

당신의 삶을 읽어가면서, 당신이 몇 가지 희소하고 잔혹한 사례만 선별했다고는 누구도 말할 수 없을 것입니다. 당신이 거쳐 온 쓰디쓴 경험들은 우연히 발생한 고초나 불행이 아닙니다. 노예라면 누구나 언제고 필연적으로 겪는 현실이죠. 그것은 노예제도의 본질적 요소이지 어쩌다 불거져나온 우연한 결과가 아니니까요.

결국 나는 마음 졸이며 당신 책을 읽을 테지요. 몇 해 전 당신이 본명과 고향을 입에 올리려 할 때, 내가 말을 막고 당신에 대해 무지한 채로 남아 있고 싶다, 했던 것을 기억할지 모르겠습니다. 며칠 전 당신이 회고록을 읽어줄 때까지만 해도 나는 당신 삶의 어렴풋한 윤곽을 제외하고는 줄곧 그런 태도를 유지해 왔습니다. 정직한 사람들이 이름을 드러내는 건 매사추세츠에서 여전히 위험하다는 데 생각이 미쳤던 것입니다. 그래서 회고록에서 당신의 구체적인 정보들을 보았을 때 감사해야 할지 말아야 할지 망설여질 정도였습니다! 1776년 우리 건국의 아버지들은 목에 교수형 밧줄을 두르고 「독립선언서」에 사인을 했다고 합니다. 당신도 사방을 둘러싼 위험 속에서 자유 선언문을 출판하고 있습니다. 미국 헌법이 그림자를 드리우는 광활한 모든 땅에서, 좁은 곳이든 편벽한 곳이든 간에 도망 노예가 뿌리내리고 "나는 안전합니다" 말할 수 있는 곳은 단 한 군데도 없습니다. 북부 법률의 무기고 안을 속속들이 뒤져봐도 당신을 위한 방패를 찾을 수가 없습니다. 솔직히 말씀드려, 내가 당신이라면 원고를 불구덩이에 던져 버리겠습니다.

그래도 아마 당신은 안전하게 당신 이야기를 전하게 되겠지요. 당신의 귀한 재능, 그리고 다른 이에게 베푸는 데 자신의 귀한 재능을 쓰는, 더 귀한 당신의 헌신으로 인해 마음 따뜻한 많은 사람들에게 사랑받고 있으니까요. 그러나 그것은 오로지 당신의 노고, 그리고 이 나라 법과 헌법을 발로 뭉개고 "버림받은 자를 숨기겠다" 다짐한 사람들 덕분일 테지요. 또 법을 어기는 한이 있어도 핍박받는 자를 위해 피난처를 제공하겠다 결심한 자들의 두려움 없는 노력 덕분일 것입니다. 언젠가 가장 나약한 이들도 안전하게 우리 거리에 서서 자신이 희생자였던 잔학 행위들을 증언할 날이 올 것입니다.

그럼에도, 당신 이야기를 환영하고 당신의 든든한 경호원이 되어 줄 이 두근거리는 심장들이 하나같이 "그런 경우를 막으려는 법규"에 저항하여 고동치고 있다는 걸 생각하면 마음이 아픕니다. 친애하는 친구여, 끝없이 나아가십시오. 당신 그리고 당신과 같은 사람들이 불에 데일 듯 다급하게 어두운 감옥에서 구출되도록 말입니다. 자유롭고도 불법적인 두근거림, 그 맥박들이 법규로 형상화될 때까지 끊임없이 나아가십시오. 뉴잉글랜드는 피로 얼룩진 연방에서 떨어져나와, 핍박받는 자들의 피난처가 된 것을 대단히 자랑스러워할 것입니다. 우리는 더 이상 "버림받은 자를 **숨기겠다**"에 그치지 않을 것입니다. 또한 그가 우리 한가운데서 사냥당하는 동안 방관자가 되는 것을 미덕으로 삼지 않을 것입니다. 순례자들의 땅을 핍박받는 자들의 망명지로 새로이 헌정하며 노예들을 소리 높여 **환영할 것입니다.** 그 외침은 캐롤라이나 곳곳 모든 오두막에 닿을 것이고, 절망한 노예도 옛 매사추세츠*를 떠올리며 기쁨을 감추지 못할 것입니다.

하나님이 그날을 어서 앞당기시기를!
그때까지, 그리고 영원히
당신의 진실한

웬델 필립스로부터

---

* '옛 매사추세츠'는 처음 아메리카 대륙에 뿌리내린 순례자들이 도착한 곳으로, 자유의 상징으로 언급되고 있다.

01

내 나이를 나는 알지 못한다

나는 터커호에서 태어났습니다. 힐즈버러 근처로, 메릴랜드 주 탤봇카운티의 이스턴에서 12마일 정도 떨어진 곳입니다. 정확한 내 나이를 나는 알지 못합니다. 내 나이가 적힌 문서를 본 적도 없고요. 노예들 대부분 제 나이에 대해서는 말(馬)들만 큼이나 알지 못할 것입니다. 내가 알기로 대부분의 노예주들은 노예들이 그 정도로 무지하길 바랍니다. 자신의 생일을 댈 수 있는 노예를 나는 단 한 명도 만나본 적이 없습니다. 차라리 파종기, 추수기, 체리 수확기, 봄이나 가을이 오는 시기를 더욱 잘 알지요.

자신에 대해 알고 싶다는 것. 그건 유년 시절 나를 불행하게 하는 이유 중 하나였습니다. 백인 아이들은 제 나이를 댈 수 있었습니다. 내겐 왜 그런 혜택이 없는지 도무지 이해할 수 없었고, 주인에게 물어서도 안 되었습니다. 주인은 그런 질문이 노예한테 어울리지 않다고 보았습니다. 무례하며 불안한 영혼이란 증거라면서요. 추측해 보자면 내 나이는 현재 스물일곱에

프레더릭 더글러스 (1879)

서 스물여덟 사이인 듯합니다. 1835년의 어느 날 주인이 나를 보며 열일곱 언저리가 됐을 거라는 말을 들었거든요.

어머니 이름은 해리엇 베일리였습니다. 아이작 베일리와 벳시 베일리의 딸이었죠. 외할아버지와 외할머니 둘 다 흑인으로 무척 짙은 피부색이었고 어머니는 두 분보다도 짙었습니다. 그러니 제 아버지는 백인이었을 겁니다. 내 혈통에 대해 하는 얘기들이 다 그랬습니다. 주인이 내 아버지라 쑥덕이는 말도 더러 있었는데, 정확한 것은 모르겠습니다. 아버지를 알아낼 방법이 내겐 없으니까요.

나는 어머니와 떨어져 지내야 했습니다. 어머니와 헤어진 건 갓난아기 때였고, 이 사람이 우리 엄마구나, 알기도 전의 일이었지요. 이른 나이에 아기를 어머니로부터 떼어 놓는 건, 내가 도망친 메릴랜드 지역에서 흔한 관습이었습니다. 대체로 아기가 한 돌을 채우기 전에 어머니는 자식한테 떨어져 다른 먼 농장으로 보내지게 됩니다. 아기는 한 할머니에게 맡겨집니다. 너무 늙어서 들판에서 일할 수 없는 나이 든 여자에게. 왜 이렇게 떼어 놓는지 나는 알지 못합니다. 아이가 어머니에게 애정을 품는 것을 막고 어머니의 모성애를 무디게 해 파괴하려는 게 아니라면 말입니다. 이는 피할 수 없는 결과죠.

나는 어머니를 네다섯 번 이상은 보지 못했습니다. 그것도 한밤중 잠시만 볼 수 있었습니다. 어머니는 스튜워트 씨 농장에서 일했는데, 내가 사는 데서 12마일 정도 떨어진 곳이었지요. 어머니는 나를 보기 위해 낮일을 마치고 밤에 그 먼 거리를 걸어왔습니다. 어머니는 들판에서 일했습니다. 주인 허락 없이 동틀 무렵 들판에 나와 있지 않으면 벌로 채찍을 맞았지요. 허락할 리 만무했고, 행여 주인이 노예에게 그런 허락을 내리기라도 하면 자비로운 주인으로 추앙받았습니다. 나는 어머니를 대낮에 본 기억이 없습니다. 어머니와 있을 때는 매번 밤이었습니다. 내 옆에 누워 나를 재우고는, 내가 깨기 한참 전에 이미 떠나고 없었지요. 우리는 대화를 나눈 적이 별로 없습니다. 죽음이 곧 어머니를 찾아와, 우리가 나눌 수 있는 몇 안 되는 교감의 기회마저 앗아가 버렸거든요. 그리고 죽음과 함께 어머니의 고생과 시련도 끝이 났습니다. 내가 일곱 살 때쯤, 어머니는 리스밀 근처 내 주인의 농장 중 하나에서 세상을 떠났습니다. 그녀가 병환 중일 때나 임종할 때, 혹은 묻힐 때도 나는 곁에 있지 못했습니다. 어머니의 죽음을 알아차렸을 때는, 이미 그녀가 세상을 떠나고 오랜 시간이 흐른 뒤였습니다. 위안이 되는 어머니라는 존재, 어머니의 다정하고 섬세한 돌봄을 나는 충분히 누려보지 못했습니다. 그런 내게 어머니가 죽었다는 소식은 마치 모르는 이가 죽었다는 소식을 접한 것처럼 낯설게 느껴졌습니다. 그렇게 갑자기 세상을 떠나면서 어머니는 내 아버지가 누구인지 단초조차 남기지 못했습니다. 주인이 내 아버지일 거라는 소문은 진실일 수도 아닐 수도 있습니다. 사실이든 거짓이든 내겐 하등의 영향도 없습니다. 혐오스럽게도 노예주들은, 어머니가 노예라면 자식도 어머니 신분에 따라 노예가 된다고 정한 뒤, 법으로 못 박아 두었기 때문이지요. 이는 말할 것도 없이 그들의 사악한 욕정을 충족시키는 한편, 금전적인 이득을 취하기 위해서입니다. 이 교활한 제도로 인해 많은 노예주가 노예의 주인이자 아버지라는 이중 관계를 유지합니다.

그런 경우를 몇 알고 있습니다. 그런 노예들은 여지 없이 다른 노예들보다 더한 고통을 당하며 훨씬 곤혹스러운 처지에 놓이는데, 이는 여기서 찬찬히 짚어볼 만합니다. 우선 그들은 여주인에게 끊임없는 모욕의 대상이 되지요. 여주인은 사사건건 꼬투리를 잡으려고 안달합니다. 그들이 뭘 하더라도 여주인의 비위를 도저히 맞출 수 없으며, 그나마 여주인이 즐거울 때는 그들이 채찍을 맞을 때입니다. 특히 남편이 다른 노예들에게는 베풀지 않는 선심을 유독 혼혈* 아이에게 베푸는 게 아닌가 의심스러울 때 말이지요. 주인은 백인 부인의 감정을 상하지 않게 하려고 때로 이러한 노예들을 팔아야 합니다. 사람이 제 자식을 인육 상인들에게 파는 행위가 누군가에게는 잔인하게 들리겠지만, 종종 그에게는 차라리 인류애에 따르는 일이 됩니다. 혼혈 자식을 팔지 않으면 직접 자기 자식을 채찍질해야 하고, 백인 아들이 동생을 묶고 동생 맨등에 채찍질하는 걸 눈앞에서 봐야 하니까요. 동생이 형보다 단지 피부가 좀 어둡다는 이유만으로요. 아버지가 그만하라는 말이라도 하는 날에는, 아버지라서 편애하는 게 되고, 주인에게나 주인이 보호하려던 노예에게나 사태가 악화될 뿐이죠.

해가 갈수록 이런 부류의 노예가 늘어납니다. 의심할 바 없이 이 사실에 의거해 남부의 한 유명 정치가는 인구 법칙에 따라 필연적으로 노예제도가 붕괴하리라 예견했습니다. 이 예언이 실현되든 아니든, 아프리카로부터 이 나라로 끌려왔던 본래

---

* 혼혈로 번역된 물라토(Mulato)는 본디 백인과 흑인 사이에 태어난 사람을 일컫는 말이었다. 현재는 정치적으로 사용하지 않는 말이다.

의 흑인들과는 꽤 달라 보이는 사람들이 남부에서 태어나고 노예로 예속돼 있다는 것은 명백합니다. 이들의 인구 증가를 보면 적어도 신이 함(Ham)* 족속을 저주했으므로 미국 노예제도가 정당하다는 주장은 설득력이 떨어지지요. 성서에 따르면 함의 직계 후손들만이 노예가 돼야 하는데, 남부 노예제도는 곧 비성서적이 될 수밖에 없습니다. 나처럼 백인을 아버지이자 주인으로 둔 자들이 매해 수천 명씩 태어나고 있으니까요.

나에게는 주인이 둘 있었습니다. 첫 주인의 성(姓)은 앤소니였습니다. 그의 성만 기억합니다. 평소 앤소니 선장으로 불렸는데, 체서피크만에서 배를 몰았기 때문인 듯했지요. 그는 부유한 노예주는 아니었는데, 농장 두셋과 노예 서른 명가량을 두고 있었습니다. 그는 농장과 노예들을 플러머라는 이름의 감독관에게 맡겼는데, 플러머는 지독한 알콜중독자에 입이 걸

* 함(Ham) : 성경에서 노아의 세 아들 중 하나이다. 노아가 술에 취해 벌거벗은 몸으로 자고 있는 걸 가려주지 않았다고 해서, 함의 후손들은 종이 될 것이라 노아가 저주했다는 이야기에서 비롯된다. 함이 어둠과 관련 있다는 해석을 하면서, 백인들은 이 구절을 인용해 흑인 노예제도가 성서적으로 정당하다고 주장했다. 실제로 성서적으로도 함은 어둠과 관련이 없으며, 단지 노예제도를 정당화하기 위해 이용한 것이었다.

은 욕쟁이, 야만적인 괴물이었습니다. 늘 소가죽 채찍과 무거운 방망이로 무장하고 돌아다녔지요. 하도 잔인하게 여자들 머리를 채찍으로 내려치는 바람에 주인마저도 그의 잔혹함에 넌더리가 나서, 또 그러면 다음에는 그를 채찍질하겠다고 으름장을 놓을 정도였지요. 그렇다고 주인 앤소니 선장이 자비로운 노예주였던 것은 아닙니다. 감독관의 잔인함이 선을 넘을 때에나 주인이 신경 썼을 뿐이지요. 앤소니 선장은 오랫동안 노예주로 살아오며 다져진 잔인함이 몸에 배어 있었습니다. 그는 때로 노예를 채찍질하며 쾌감을 느끼는 듯했지요. 나는 한 이모가 지르는 가슴을 도려내는 듯한 비명에 자주 새벽잠을 깨곤 했습니다. 그는 그녀를 집 들보에 묶고는 맨둥이 말 그대로 피칠갑이 되도록 채찍질을 하곤 했습니다. 피투성이가 된 희생양이 아무리 애원하고 눈물로 애걸해도 피를 보고자 하는 그의 강철 심장을 움직일 수 없었습니다. 비명이 높아질수록 채찍질도 거칠어졌고, 피가 철철 흐를수록 채찍질은 길어졌습니다. 비명 지르라고 채찍을 휘둘렀고, 입 다물라고 채찍을 휘둘렀습니다. 채찍을 휘두르다 제풀에 지칠 때야 비로소 피범벅 된 소가죽 채찍을 거두었지요. 이 소름 끼치는 광경을 처음 목도했던 때를 나는 기억합니다. 매우 어렸지만 똑똑히 기억하고 있지요. 뭔가를 기억할 수 있는 한, 그때 일을 결코 잊을 수는 없을 것입니다. 목격자이자 그 피해자의 일부가 될, 가혹행위란 긴 여정을 여는 첫 서막이었지요. 그것은 내게 엄청난 충격을 주었습니다. 내가 곧 통과해야 할, 피칠갑이 된 문이자 노예제도라는 지옥으로 가는 입구였으니까요. 참으로 무시무시한 광경이었습니다. 그것을 봤던 때의 내 감정을 글로 표현할 수 있으면 좋으련만….

그 사건은 내가 첫 주인과 산 지 얼마 안 되어 일어났습니다. 어디로, 왜인지는 모르나 헤스터 이모가 한밤중에 집을 나섰습니다. 주인이 그녀를 찾았을 때 그녀는 당연히 자리에 없었지요. 그는 그녀에게 저녁때 외출해서는 안 되며 절대 젊은 남자랑 같이 있지 말라고 경고했었습니다. 그 젊은 남자는 헤스터 이모에게 관심이 있었는데, 로이드 대령의 노예였고 이름이 네드 로버츠여서 평소 로이드의 네드라고 불렀습니다. 왜 주인이 헤스터 이모에게 그토록 유난했는지는 어렵지 않게 알 수 있을 것입니다. 헤스터 이모는 기품 있는 자태에 우아한 몸매의 여자로 흑인 여자든 백인 여자든 마을에서 견줄 만한 여자가 드물었습니다. 뿐만 아니라 그녀를 뛰어넘는 미모의 여자는 아예 없다시피 했습니다.

헤스터 이모는 외출금지명령을 어겼음은 물론이고 로이드의 네드와 함께 발견되었습니다. 주인이 그녀를 채찍질하며 퍼붓는 욕지거리를 듣자 하니, 네드와 함께 발견된 상황이 무엇보다 화가 난 이유였습니다. 그가 순수하게 윤리적인 사람이라면, 내 이모의 순결을 지키는 데 관심이 있어서 그랬을지도 모릅니다. 그러나 그를 아는 자라면 그가 그런 덕목 따윈 신경 안 쓴다는 데 추호의 의심도 없을 것입니다. 헤스터 이모를 채찍질하기에 앞서, 그는 그녀를 부엌으로 데려가 목에서 허리까지 옷을 벗겨 버렸습니다. 그녀의 목, 어깨, 등짝이 완전히 벌거벗겨졌습니다. 그는 그녀에게 두 손을 엇갈리게 하라고 하면서 'x 같은 x'이라고 외쳤습니다. 그녀가 손을 엇갈리게 하자, 그는 두 손을 단단한 밧줄로 묶고 그녀를 천장 들보의 큰 고리 아래 등받이 없는 의자로 데려갔습니다. 채찍질 전용으로 만들어진 곳이었지요. 그는 그녀를 의자 위에 올라서게 하고 그녀의 손목을 고리에 묶었습니다. 이제 그녀는 끔찍한 목적에 맞게 두 팔을 최대한 길게 뻗고 발가락 끝으로 의자 위에 서 있었습니다. "자, 이 x 같은 x, 내 명령을 어기면 어떻게 되는지 가르쳐 주마!" 그는 소매를 걷어붙이고 소가죽 채찍을 내리치기 시작했습니다. 곧 뜨끈하고 붉은 피가 (가슴을 에는 여자의 비명, 남자의 지독한 욕설 한가운데서) 터져 나와 바닥에 뚝뚝 떨어졌습니다. 그 광경을 보고 두려움과 공포에 질린 나는 벽장 속으로 숨어들었습니다. 피로 점철된 그 일이 완전히 끝난 뒤에도 한동안 벽장 밖으로 나가질 못했습니다. 다음은 내 차례일 것 같았습니다. 그런 광경이 내게는 처음이었고, 전에는 그런 일을 본 적이 없었습니다. 이제껏 나는 플랜테이션 농장*의 후미진 곳에서 젊은 여자들의 아이들을 맡아 돌보던 할머니와 같이 살았었습니다. 덕분에 플랜테이션 농장에서 숱하게 일어나는 핏빛 장면과 동떨어져 있었던 것입니다. 여태까지는 말입니다.

* 플랜테이션 농장(plantation) : 열대 혹은 아열대 지방에서, 커피 설탕 고무 등을 재배하는 대규모 농장을 말한다. 미국의 남부에 주로 플랜테이션 농장이 있었고, 흑인 노예들이 희생양이 되었으므로, 미국 노예제도를 낳은 농업 형태이기도 했다.

02

위대한 농장

주인 앤소니 선장에게는 두 아들 앤드류와 리차드, 딸 루크
리샤와 사위 토마스 얼드 선장이 있었습니다. 이들은 에드워
드 로이드 대령의 중심 농장에 위치한 집에 살고 있었지요. 앤
소니 선장은 로이드 대령이 고용한 서기이자 총관리자로, 감
독관들의 감독관이라 할 수 있었습니다. 내 유년 중 두 해를 이
플랜테이션 농장에서 주인 가족과 함께 보냈고, 제1장에 기록
한 핏빛 장면도 여기서 목격한 것입니다. 나는 이 농장에서 노
예제도에 대한 첫인상을 받았으므로, 그곳 상황 및 노예제도의
실상을 다소 묘사하고자 합니다. 이 플랜테이션 농장은 탤봇
카운티의 이스턴에서 북쪽으로 12마일가량 떨어진 곳에 있으
며 마일스강의 경계에 자리하고 있습니다. 주된 생산품은 담
배, 옥수수, 밀로 이곳 외에도 로이드 대령의 다른 농장들에서
모두 막대한 생산량을 자랑합니다. 그래서 그는 모든 생산물
을 볼티모어 시장으로 나르기 위해 쉴 새 없이 인부들을 고용
해 큰 범선 한 척을 운항했습니다. 범선은 '샐리 로이드'라 했는

데, 대령의 딸 이름을 딴 것이었죠. 앤소니 선장의 사위인 토마스 얼드 선장이 범선 주인이었습니다. 범선에서는 로이드 대령의 노예인 피터, 아이작, 리치, 제이크가 일했습니다. 다른 노예들은 이들을 한껏 떠받들었고 특혜받는 축으로 여겼습니다. 노예들 눈에 볼티모어를 오간다는 건 보통 일이 아니었으니까요.

로이드 대령은 중심 농장에서만 300~400명의 노예를 부렸으며, 그 주변 농장들에서는 훨씬 많은 노예를 부렸습니다. 중심 농장 바로 옆에 있던 농장이 와이타운과 뉴디자인이었는데, "와이타운"은 노아 윌리스라는 자가, 뉴디자인은 타운센드 씨가 감독했습니다. 이 두 곳과 그 외 농장들은 다 합쳐 감독관만 20명이 훌쩍 넘었고, 감독관들은 중심 농장의 관리인들로부터 조언과 지시를 받았습니다. 중심 농장은 대규모 사업지였습니다. 전체 스무 개 농장의 경영 본부가 있었고, 감독관들 간의 모든 분규도 여기서 처리되었지요. 만일 노예가 경범죄를 저질렀거나 다루기 까다롭거나 탈출하려던 정황이 탄로 나면, 즉시 여기로 잡혀와 매서운 채찍을 맞았습니다. 그러고 나서 범선에 실려 볼티모어로 끌려간 뒤, 오스틴 울포크*나 다른 노예상에게 팔렸지요. 남아있는 노예들에게 주는 경고이기도 했습니다.

또 한 달에 한 번 다른 농장 노예들이 중심 농장에 와서 식량을 받아 갔고, 1년에 한 번 옷을 받아 갔습니다. 노예들은 다달이 식량 배급으로 돼지고기 8파운드(3.6킬로그램) 혹은 그에 상응하는 생선을 받았으며 옥수수가루 1부셸(약 30리터)을 받았습니다. 1년에 한 번 받는 옷은 거친 리넨 셔츠 두 벌, 리넨 바지한 벌, 재킷 하나, 검고 거친 천으로 만든 겨울용 바지 한 벌, 스타킹 한 켤레, 신발 한 켤레가 전부였습니다. 모두 합쳐도 7달러도 채 되지 않았을 것입니다. 노예 아이들의 배급분은 아이엄마들 혹은 아이를 돌보는 할머니들에게 돌아갔습니다. 들판에서 일할 수 없는 아이들은 신발, 스타킹, 재킷, 바지를 받을수가 없었습니다. 그래서 아주 어린 아이들은 거친 리넨 셔츠두 벌로 한 해를 버텼습니다. 셔츠가 완전히 해지면 다음 배급

---

* 오스틴 울포크(Austin Woolfolk, 1796~1847) : 미국 노예 상인이자 플랜테이션 농장주. 메릴랜드주에서 가장 유명한 노예 상인 중 하나로, 볼티모어 항구를 통해 뉴올리언스 항구로 노예 2,000명 이상을 매매했다. 그 중에는 프레더릭 더글러스의 이모도 포함된다.

일까지 알몸으로 견뎌야 했지요. 7살에서 10살쯤 되는 아이들은 남자애건 여자애건 발가벗다시피 다니는 걸 사시사철 볼 수 있었습니다.

노예에게는 침대랄 게 없었습니다. 침대라고 보기 어려운 거친 담요 한 장이 다였습니다. 여자라고 다를 것도 없었지요. 그러나 이 정도로는 열악하다 말하기도 어려웠습니다. 침대가 없는 것보다 잠잘 시간이 없는 게 더욱 곤혹스러웠으니까요. 들판 일과가 끝나면 씻고 수선하거나 요리를 해야 했는데, 그런 시설이 아예 없다시피 했습니다. 잠잘 시간 대부분을 이튿날 할 일을 준비하는 데 써야 했지요. 준비가 마무리되면, 남녀노소, 결혼 유무 상관 없이 한 침대, 말하자면 차갑고 축축한 바닥에 나란히 쓰러져 누웠고, 각기 자신만의 너절한 담요를 덮었습니다. 그것도 들판으로 나오라 부르는 경적 소리가 날 때까지만 잠을 청할 수 있었죠. 경적 소리가 들리면 깨어나 들판으로 가야 했습니다. 한시라도 틈이 있어선 안 됐습니다. 모두 정해진 자리에 있어야 했고, 아침 호출 때 들판에 나오지 않으면 모진 체벌이 기다리고 있었습니다. 듣고도 깨어나지 못하면 고통을 느끼며 깨어나야 했지요. 나이나 성별을 불문하고 대가는 가차없었습니다. 감독관 세비어 씨는 히코리 나무로 된 큰 몽둥이와 묵직한 소가죽 채찍으로 무장한 채 숙소 문가에 서 있었습니다. 운 나쁘게 호출 소리를 듣지 못하거나, 다른 이유로 경적에 맞춰 들판으로 나갈 준비가 안 된 사람은 채찍을 맞았지요.

세비어 씨*는 그에게 딱 맞는 이름이었습니다. 이름 뜻대로 잔인했지요. 그가 한 여자를 반 시간 내내 채찍질해 피가 낭자하게 흐르는 걸 본 적이 있습니다. 여자의 아이들이 엄마를 놔달라 울며불며 애걸하는 와중에도 그는 채찍질을 멈추지 않았습니다. 악독한 야만성을 드러내는 데 쾌감을 느끼는 듯했지요. 그는 잔인할 뿐 아니라 악랄한 욕설가였습니다. 그가 말하는 걸 들으면 피가 써늘해지고 머리칼이 곤두설 지경이었지요. 한마디라도 지독한 욕설로 시작하거나 끝맺지 않는 적이 없었고, 들판은 그의 잔인성과 불온성을 여지없이 목격하는 자리였습니다. 그가 모습을 드러내는 순간 피와 신성모독이 들판을 물들였습니다. 해가 떠서 질 무렵까지, 들판에서 일하는 노예들 한가운데 서서 그는 흉포하게 욕하고 악쓰고 채찍질로

* 세비어(Severe) : '잔인한' 이라는 뜻.

살점을 베었습니다. 그의 경력은 오래가지 못했습니다. 내가 로이드 대령 집으로 가고 얼마 뒤 그는 죽음을 맞았습니다. 신음을 뱉으며 죽어 가면서도 생전에 그랬듯 표독한 욕설과 진저리쳐지는 욕지기를 쏟아내며 생을 마감했습니다. 노예들은 그의 죽음을 자비로운 신의 섭리로 받아들였지요.

세비어의 자리가 홉킨스 씨로 채워졌습니다. 홉킨스 씨는 사뭇 달랐습니다. 세비어 씨보다 덜 잔인했고 덜 불경했으며 덜 시끄러웠습니다. 특이하고 기이한 방식으로 잔인성을 드러내지도 않았고요. 채찍을 휘둘렀지만 즐거워 보이진 않았습니다. 노예들은 그를 좋은 감독관이라 했습니다.

로이드 대령의 중심 농장은 농촌마을처럼 보였으며, 농장 전체의 온갖 기계 작업이 여기서 이루어졌습니다. 신발 제조와 수선, 대장장이 일, 달구지 목수 일, 통 제조, 직공일, 곡물 분쇄 등 모든 일을 중심 농장 노예들이 했지요. 주변 농장들과 다르게 그곳 전체가 대규모 사업체 성격을 띠고 있었습니다. 집 수도 많아서 주변 농장들에 비해 우위를 점하고 있었고요. 노예들은 그곳을 **위대한 농장**이라 불렀습니다. 주변 농장 노예들에게는 위대한 농장으로 심부름하러 가는 것만큼 선망의 대상이 되는 것도 없었지요. 그것은 그들의 마음 속에 어떤 우월감과

연결되었습니다. 대표자가 미국 의회에 선출되는 것보다, 위대한 농장으로 가는 심부름꾼으로 뽑히는 게 외곽 농장 노예들에게는 더 자랑스러운 일이었지요. 감독관에게 막중한 신뢰를 얻고 있다는 방증이었고, 그 외에도 들판, 그러니까 감독관 채찍에서 벗어날 수 있으니 우월한 권리인 셈이었죠. 당연히 심부름꾼으로 뽑히려 애쓸 가치가 있었습니다. 심부름 가는 영광을 가장 많이 차지하는 사람은 그만큼 영특하고 믿음직스러운 친구라는 의미였거든요. 경쟁자들은 감독관을 기쁘게 하려고 앞다투어 부산을 떨었고, 이는 한자리 차지하려고 국민에게 아부하면서도 동시에 속이려는 정당 후보자들과 닮아 있었습니다. 정당의 노예들에게 나타나는 특징을 로이드 대령의 노예들에게서 그대로 엿볼 수 있었지요.

위대한 농장에서는 매달 배급을 나누어주었습니다. 무엇보다 이때 대표로 뽑히는 것에 노예들은 유독 열성적이었습니다. 그들은 위대한 농장으로 가는 동안, 빽빽이 들어찬 노목(老木) 사이 수 마일 거리를 자신들의 성긴 노래로 꽉 채울 수 있었습니다. 찬란한 기쁨과 처절한 슬픔의 노래로. 서로 박자나 선율을 정한 것도 아니었는데, 길 위에서 즉흥으로 노래를 지어 불렀습니다. 생각이 들어오고 나가는 대로, 단어가 아니라면

소리로, 가사가 붙을 때도 있었지만 소리만 낼 때도 많았습니다. 흥겨운 음조에서는 가슴이 미어지는 감성으로, 가슴이 미어지는 음조에선 무척 흥겨운 감성으로 부르곤 했지요. 그리고 모든 노래 속에 위대한 농장에 대한 뭔가를 엮어 넣곤 했습니다. 특히 위대한 농장으로 가려고 길을 나설 때 그러했는데, 그들이 흥겹게 부르던 노래는 다음과 같습니다.

"나 위대한 농장으로 떠나가네!
오, 예! 오, 예! 오!"

이렇게 후렴구 삼아 부르곤 했습니다. 아무 뜻 없어 보이는 단어들로. 하지만 그들에겐 여러 갈래의 의미가 담겨 있었습니다. 때로 나는 생각합니다. 노예제도의 끔찍함에 대해 알고 싶다면, 그 주제에 관한 수많은 철학책을 전부 읽는 것보다 그저 이 노래들을 듣는 게 되려 많은 걸 알려줄 거라고요.

성글고 뚜렷이 말도 안 되는 이 노래들에 어떤 깊이가 있는지, 노예였던 나는 헤아리지 못했습니다. 당시 나는 무리 안에 있었으니까요. 그래서 무리 밖에 있는 사람들이 그러하듯 한 걸음 떨어져 보거나 들을 수가 없었습니다. 이 노래들은 당시 내 얕은 이해를 넘어서는 깊디깊은 슬픔의 이야기였습니다. 울림이 크고 길면서도 심오한 노래였지요. 노래들은 쓰디쓴 고통을 달인, 영혼의 기도이자 한을 품고 있었습니다. 모든 노래들이 노예제도에 반하는 증언이자, 사슬에서 벗어나게 해달라 비는 기도였습니다. 이 성긴 노래들을 들을 때면 내 영혼은 언제나 우울해집니다. 말할 수 없는 슬픔이 나를 채웁니다. 종종 이 노래들을 듣다 보면 어느새 눈물 흘리고 있는 나 자신을 발견합니다. 그 노래들을 떠올리는 것만으로도, 심지어 지금 이 순간마저도 마음이 저며 옵니다. 이 구절을 쓰는 동안 그런 감정이 눈물로 화(化)하여 내 뺨을 흘러갔습니다. 이 노래들을 통해 노예제도가 비인간적이라는 것을 처음으로 희미하게나마 이해하게 되었고, 앞으로도 내게서 결코 그 이해를 걷어낼 수는 없을 것입니다. 그 노래들은 여전히 내 곁을 맴돕니다. 노예제도에 대한 증오가 한층 깊어지고 노예로 결박된 형제들과 순식간에 하나가 됩니다. 누군가 노예제도가 얼마나 영혼을 짓밟는지 알고자 한다면, 로이드 대령의 플랜테이션 농장으로 데려가 배급일에 소나무 숲속 깊은 곳에 남겨 두십시오. 거기 고요히 제 영혼의 방들을 스치는 소리를 헤집어 보게 하십시오. 그래도 아무런 인상도 받지 못한다면, 그건 그저 "그의 완고한 마음에는 살점이 없"*기 때문일 것입니다.

북부로 오고 나서, 노예가 노래 부르는 것이 노예 생활에 만족하고 행복해하는 증거라고 주장하는 사람들을 만나곤 합니다. 그런 때 나는 망연해집니다. 이보다 더한 오해는 없습니다. 노예들은 더없이 불행할 때 가장 많이 노래합니다. 노예의 노래는 마음속 슬픔의 토로입니다. 눈물로써만 다친 마음을 위로할 수 있듯이, 노래로 마음을 위로하는 것입니다. 적어도 내 경험에선 그랬습니다. 나는 슬픔에 잠겨 노래 부를 때가 많았습니다. 행복을 표현해 본 적은 거의 없습니다. 기쁨의 눈물, 기쁨의 노래는 노예 생활에서 흔치 않은 일입니다. 노예의 노래가 만족과 행복의 증표라면, 무인도에 표류된 사람의 노래와 비슷한 만족과 행복일 것입니다. 그런 뜻에서 보면 아마도 노예의 노래와 표류자의 노래는 동일한 감성에서 비롯됐을 테지요.

＊ 영국 시인 윌리엄 코퍼(William Cowper, 1731~1800)가 『작품 제2권, 시간 한 조각』(1785)에서 노예제도를 비판하고 그에 공감하지 못하는 이들을 비판한 구절에서 인용한 것이다.

03

넌 누구 노예지?

로이드 대령에게 잘 가꾼 넓은 정원이 있었습니다. 수석 정원사(엠더먼드 씨)와 네 명의 정원사가 매일같이 정원을 손질했지요. 이 정원은 근방에서 최고로 매력적인 장소였습니다. 여름철에 사람들이 멀리서든 가까이서든—볼티모어, 이스턴, 아나폴리스에서—정원을 찾아왔습니다. 북부의 단단한 사과부터 남부의 부드러운 오렌지까지 온갖 종류의 과일로 탐스러운 정원이었지요. 이 정원은 농장에서 적잖은 말썽을 일으켰습니다. 대령의 노예를 비롯해 허기진 소년 무리에 이르기까지, 최상급 과일의 유혹을 뿌리칠 재간이 없었지요. 여름내 하루가 멀다 하고 노예들은 과일 서리로 채찍 서리를 맞았습니다. 대령은 노예들이 정원에 얼씬도 못하도록 별별 방법을 동원했습니다. 최후의 방법이자 가장 효과적이던 방법은 울타리 전체에 타르*를 칠하는 것이었습니다. 이제 누구라도 몸에 타르가 묻어 있으면 정원에 들어갔거나 적어도 들어가려 했다는 명백한 증거였지요. 그러면 수석 정원사의 매서운 채찍을 피할 수 없었고요. 이 작전은 꽤 먹혀서 노예들이 채찍만큼이나 타르를 무서워하게 되었습니다. **타르**를 안 묻히고는 울타리를 넘지 못하는 걸 깨달았지요.

대령은 또 화려한 마차를 가지고 있었습니다. 그의 마구간과 마차 차고는 이 도시를 상징하는 건물로 위엄을 과시했지요. 말 생김새도 퍽 우아했고 혈통도 최상이었습니다. 차고에는 눈부신 사륜마차 세 대와 이륜 경마차 기그 서너 대, 그 외에도 사륜 마차 디어본과 4인승 사륜 포장마차 보루쉬가 최신유행 스타일로 구비되어 있었습니다.

이 건물을 노예 두 명이 담당했는데, 늙은 바니와 젊은 바니로 부자지간이었습니다. 일은 차고를 돌보는 것뿐이었습니다. 하지만 결코 단순한 일이 아니었지요. 로이드 대령이 말처럼 애지중지하는 건 세상에 없으니까요. 눈곱만 한 실수도 용

---

* 타르(tar) : 석탄을 건류할 때 생기는 기름 상태의 끈끈한 검은 액체.

납이 안 됐고, 책잡히면 마침 자리를 지키고 있던 노예에게 무자비한 처벌을 내렸습니다. 대령의 눈에 말한테 어딘가 부족하다 싶으면 어떤 해명도 통하지 않았습니다. 부족하다는 부분도 로이드 대령이 내키는 대로 추정하는 것이어서 바니 부자의 일은 으레 고달프기 마련이었지요. 도대체 벌을 안 받는 때가 언제인지조차 알 수 없었습니다. 전혀 맞을 일이 아닐 때에 채찍을 맞았고, 명백히 맞을 만한 때에는 도리어 맞지 않았습니다. 모든 건 말을 대령 앞에 데려왔을 때 말의 외양이 어떠하냐, 로이드 대령의 기분이 어떠하냐에 달려 있었지요. 말이 빨리 움직이지 않거나 머리를 똑바로 들지 않으면 바니 부자 탓이었습니다. 말이 마구간에서 나올 때, 로이드 대령이 바니 부자에게 퍼붓는 별별 트집을 들으며 문가에 서 있는 건 고역이었지요. "말을 제대로 돌보지 않았다. 털 빗질도 정돈도 하지 않았다. 부실하게 먹인다. 여물이 너무 축축하거나 너무 바싹 말랐다. 너무 일찍 먹였거나 너무 늦게 먹였다. 말 몸에 열이 너무 많거나 너무 차다. 건초는 많이 먹이고 알곡이 부실하다. 혹은 알곡은 많이 먹이고 건초가 부실하다. 늙은 바니가 말을 아들한테 떠넘겼다." 아무리 얼토당토않은 트집이라도 토를 달면 안 되었습니다. 로이드 대령은 노예가 말대답하는 걸 용납하지 않았습니다. 노예는 두려움에 떨며 가만히 서서 들어야만 했지요. 다음 경우도 그랬습니다. 로이드 대령은 쉰에서 예순 살가량 되는 늙은 바니의 모자를 벗겨 대머리가 드러나게 한 뒤, 차갑고 축축한 땅에 꿇렸습니다. 그러고는 늙은 바니의 고생에 지친 맨어깨에 서른 대가 넘는 채찍질을 해댔습니다. 로이드 대령은 세 명의 아들이 있었는데 에드워드, 머레이, 대니얼이었고 사위도 셋으로 윈더 씨, 니콜슨 씨, 론디스 씨였지요. 이들 모두 위대한 농장에 살았고 걸핏하면 채찍질하는 호사를 누렸습니다. 늙은 바니를 시작으로 마차꾼 윌리엄 윌키스까지 내키는 대로 때렸지요. 윈더 씨가 하인을 세워두고 채찍 끝자락이 닿을 만한 거리만큼 떨어져서, 하인의 등 뒤로 긴 채찍의 거대 능선이 생기게 하는 걸 본 적이 있습니다.

로이드 대령이 얼마나 부자였는지 말하는 건 욥*이 얼마나 부자였나 말하는 것과 별반 다르지 않습니다. 집 하인만 열에서 열다섯 명이나 거느렸지요. 모조리 합해 노예가 천 명이라고들

---

* 욥(Job) : 성서 「욥기」에 나오는 인물로, 하나님의 시험을 당하고 그것을 이겨낸 사람이다. 성서에서 욥은 엄청난 부자로 묘사되며 시험당한 뒤에는 더 큰 부자가 된 것으로 나온다.

했는데 틀린 말은 아닐 것입니다. 하도 많다 보니 자신의 노예도 못 알아볼 정도였고, 외곽 농장 노예들이 그의 얼굴을 아는 것도 아니었지요. 이런 일화도 있습니다. 하루는 로이드 대령이 말을 달리다가 흑인을 만났다고 합니다. 남부 도로에서 마주친 흑인에게 백인이 흔히 그러듯 말을 걸었습니다. "어이, 이봐, 넌 누구 노예지?" "로이드 대령 노예입니다." 노예가 답했지요. "그래, 대령이 잘해 주나?" "아뇨." 빠르게 대답이 나왔습니다. "흠, 널 심하게 부려 먹어?" "예, 그렇습니다." "그럼, 너한테 먹을 것도 제대로 안 주나?" "아뇨, 먹을 거야 충분히 줍니다요. 보시다시피요."

대령은 노예가 어느 농장에서 일하는지 확인한 뒤 말을 타고 떠났습니다. 노예 역시 자신이 주인과 얘기했다는 건 꿈에도 모르고 일을 계속했고요. 2, 3주가 지나도록 그는 주인에 대해 말을 한 적도 들은 적도 생각한 적도 없었습니다. 이윽고 이 불쌍한 사람은 감독관에게 자신이 주인에게 잘못했기 때문에 조지아 노예상에게 팔려 갈 거란 얘기를 듣습니다. 곧장 사슬에 묶이고 수갑이 채워지지요. 한마디 경고도 없이 가족과 친구들로부터 영영 분리됩니다. 죽음보다 냉정한 손에 의해. 이것이 진실을 말한 대가, 평범한 질문에 대한 답으로 소박한 진실을 입 밖에 낸 벌이었습니다.

이런 사정 탓에 노예에게 주인이 어떠냐, 노예 생활이 어떠냐 물으면 으레 주인은 친절하며 노예로서의 삶이 만족스럽다고 답하게 됩니다. 노예주들은 스파이를 심어 노예들이 제 형편을 어떻게 느끼는지 확인한다고도 합니다. 이런 상황에 자주 노출되다 보면 자연히 노예들 사이에, 침묵하는 혀가 현명한 머리를 만든다는 격언이 나오기 마련이지요. 진실을 말해서 고초받느니 진실을 억누르는 편을 택합니다. 그럼으로써 그들이 인간(주인) 가족의 일원이라 증명하는 셈이지요. 만일 노예주에 대해 말해야 한다면 보통 제 주인 편을 들게 됩니다. 아직 신뢰하기 어려운 사람과 말을 섞을 때는 유독 그렇지요. 내가 노예였을 때 종종 비슷한 질문을 받았습니다. '주인이 친절하냐'는 질문에 내가 기억하는 한, 한번도 주인에 대해 나쁘게 답한 적이 없습니다. 기억을 반추하면서도 완전히 거짓을 말했다는 생각도 들지 않는 것이, 주인이 친절한지 아닌지를 주위 노예주들과 비교해 판단했기 때문입니다. 더군다나 노예들도 다른 사람과 다를 바 없어서 타인이 지닌 편견을 그대로 답습합니다. 그들은 타인의 것보다 제 것이 낫다 생각하죠. 이런 편견의 영향으로 노예들은 대체로 다른 노예주보다 제 주인이 낫다고 봅니다. 때로 진실과 정반대일 때도요. 노예들끼리 저마다 제 주인이 훨씬 낫다고 우기다가 사이가 틀어지는 경우도 실제로 없지 않습니다. 낱낱으로 볼 땐 제 주인을 증오하면서도 말이죠. 우리 농장에서도 그랬습니다. 로이드 대령 노예들은 제이콥 젯슨 노예들을 만나면 주인 얘기로 싸우지 않는 때가 없었습니다. 로이드 대령 노예들은 대령이 최고 부자라고 떠들어댔고, 젯슨 노예들은 젯슨이 누구보다 영리하며 남자 중의 남자라고 떠들었습니다. 로이드 대령 노예들은 대령이 제이콥 젯슨쯤은 사고팔 수 있다며 거들먹거렸고, 젯슨 노예들은 젯슨이 로이드 대령쯤은 채찍으로 때려눕힐 수 있다고 거들먹거리는 식이었죠. 이런 신경전은 대개 두 패의 주먹다짐으로 끝났고, 싸움에서 이긴 쪽이 논쟁의 승리자로 인정받았습니다. 주인이 우월해야 자신도 우월해진다고 믿는 듯했습니다. 노예인 것만도 충분히 고통스러운데 가난한 주인의 노예는 실로 불명예스럽다고 생각했습니다!

04

피로 얼룩진 일들

홉킨스 씨는 감독관으로 단기간만 일했습니다. 왜 그렇게 금방 그만뒀는지 나는 잘 모릅니다. 추측하건대 홉킨스 씨는 로이드 대령의 위세에 걸맞은 잔혹성이 부족했던 듯싶습니다. 홉킨스 씨는 오스틴 고어 씨로 교체됐습니다. 오스틴 고어는 확실히 일급 감독관에 들어맞는 특징이란 특징을 전부 갖춘 사람이었습니다. 고어 씨는 본디 로이드 대령 외곽 농장 중 하나를 감독했는데, 그러면서 자신이 중심 농장, 즉 위대한 농장을 충분히 감독할 실력자라는 걸 증명해 보였습니다.

고어 씨는 자신만만했고 야망으로 불타올랐으며 집요했습니다. 교묘하면서도 악랄했고 고집센 사람이었지요. 그러니까 그 자리에 최적화된 사람이자, 자리 역시 그에게 최적이었습니다. 본인 능력을 남김없이 써먹을 수 있는 자리였고, 그는 완벽하게 그 자리에 들어맞는 사람이었지요. 노예의 사소한 표정, 말, 몸짓이 건방지다고 꼬투리 잡아 체벌할 수 있었습니다. 말대답은 금물이었지요. 억울하다고 호소하는 등 어떤 변명도

프레더릭 더글러스와 그의 손자 (1894)

허락하지 않았습니다. 고어 씨는 노예주들 사이에 전해 내려오는 격언에 전적으로 충실했습니다. "노예들 앞에서 감독관의 잘못이 드러나는 것보다 노예 십여 명을 채찍질하는 게 낫다." 고어 씨가 어떤 사소한 죄목으로든 고발하면, 노예가 아무리 결백해도 아무 소용이 없었습니다. 고발됐다는 것은 유죄란 뜻이고, 유죄는 곧 처벌을 의미했습니다. 언제나 필연적인 결과였습니다. 처벌을 피하려면 고발을 피해야 했는데, 고어 씨 감독하에서 그런 행운이 찾아오는 노예는 거의 없었지요. 그는 노예들이 굴욕적으로 빌게 할 만큼 오만했고, 주인 발앞에 엎드릴 만큼 비굴했습니다. 그는 감독관 중 최고가 아니면 만족 못할 정도로 야망이 있었고, 그 야망을 채울 정도로 집요했습니다. 가장 가혹한 체벌을 내릴 만큼 악랄했으며, 가장 비열한 술수를 쓸 정도로 교활했습니다. 또한 나무라는 양심의 소리를 듣지 못할 정도로 완고했지요. 그는 모든 감독관 가운데 가장 두려운 존재였고, 노예들에겐 그의 존재 자체가 고통이었습니다. 그의 눈은 정신 없이 번뜩였으며, 날카롭고 새된 목소리는 노예들에게 항시 공포와 전율을 불러일으켰지요.

고어 씨는 음침한 사람이었습니다. 젊은 나이였지만 농담을 즐기지 않았고, 우스갯소리를 하는 법도 없었으며, 웃는 때도 드물었습니다. 그의 말은 외모와 완벽하게 들어맞았고, 외모는 말과 완벽하게 들어맞았습니다. 어떤 감독관들은 때로 말장난을 좋아하고 노예들과 농담을 주고받기도 하는데, 고어 씨는 그러지 않았습니다. 입을 열면 무조건 명령이었고, 명령이 떨어지면 복종해야 했지요. 그는 말을 많이 아꼈지만, 채찍이라면 아끼지 않았습니다. 채찍으로 대답이 가능하다면 말은 절대 하지 않았지요. 그가 채찍질하는 것은 책임감의 발로처럼 보였고, 결과를 두려워하지도 않았습니다. 아무리 혐오스러운 일이라도 기꺼이 응했으며 언제고 자신의 자리에서 어긋남이 없었습니다. 그는 할 수 있지 않으면 장담하지도 않았지요. 한마디로 정말 단호하고 돌같이 차가운 남자였습니다.

흉포한 야만성과 견줄 정도로 단련된 그의 또다른 특성은 잔혹한 폭력을 저지를 때 보이는 고도의 냉정함이었습니다. 고어 씨는 언젠가 로이드 대령의 노예 하나를 채찍질하는 임무를 맡았습니다. 노예 이름은 뎀비였습니다. 고어 씨가 뎀비를 몇 차례 때렸을 때였습니다. 뎀비는 매질을 피하려 개울 속으로 뛰어들었지요. 어깨까지 오는 깊이였는데 뎀비는 나가지 않겠다며 물속에 서서 버텼습니다. 고어 씨가 말했습니다. 지금부터 셋을 다 셀 때까지 나오지 않으면 총을 쏘겠다고. 하나. 뎀비는 꿈쩍 않고 그대로 있었습니다. 둘, 셋을 외쳤지만 그대로 서 있었지요. 그러자 고어 씨는 누군가와 상의도 논의도 없이, 그렇다고 뎀비에게 기회를 더 주지도 않고 뎀비 얼굴을 향해 머스킷 장총을 들었습니다. 그러고는 물속에 선 희생양을 정확히 겨누었습니다. 찰나의 순간, 불쌍한 뎀비는 더 이상 그 자리에 없었습니다. 짓이겨진 몸은 가라앉아 보이지 않았고 피와 뇌 잔해들이 뎀비가 서 있던 자리에 흩어져 있었습니다.

공포의 전율이 플랜테이션 농장의 온 영혼을 훑고 지나갔습니다. 고어 씨만은 예외였습니다. 고어 씨 혼자만 냉정하고 침착해 보였습니다. 로이드 대령과 내 옛 주인인 앤소니 선장이 그에게 왜 이런 극단적인 방법을 썼는지 물었습니다. 그의 대답은 (내가 기억하는 한) 뎀비가 이제 구제불능이라는 것이었습니다. 뎀비는 다른 노예들에게 위험한 본보기가 되고 있으며, 이렇게 본때를 보여주지 않고 지나가면, 이 골칫거리는 종국에 농장의 모든 규칙과 질서를 통째로 갈아엎을 것이라 했습니다. 또 노예 하나가 교정을 거부하고도 살아남는다면, 다른 노예들도 곧 따라할 것이고, 그 결과는 노예들 자유화, 백인의 노예화다, 라고 고어 씨는 주장했습니다. 고어 씨의 해명은 주인들에게 만족스러웠으며, 그는 중심 농장 감독관의 지위를 유지했습니다. 감독관으로서의 그의 명성은 로이드 대령 농장 외부까지 뻗어나갔지요. 그의 무도한 범죄는 법적 조사조차 받지 않았습니다. 이 사건은 노예들이 지켜보는 가운데 이루어졌고, 노예들은 당연히 소송을 제기할 수도, 고어 씨에게 불리한 증언을 할 수도 없었습니다. 따라서 살인을 저지른 피비린내나는, 악랄한 가해자는 정의의 채찍을 받지도, 지역 사회로부터 비난을 받지도 않았습니다. 내가 그곳을 떠날 때, 고어 씨는 메릴랜드주 텔봇카운티에 속한 세인트 마이클스에 살았습니다. 아직 살아 있다면 아마 지금도 그곳에 살고 있을 것입니다. 그렇다면 그는 지금도 예나 마찬가지로 그곳에서 높은 평판으로 추앙받고 있을 것입니다. 자신의 죄 많은 영혼이 형제의 피로 얼룩져 있지 않다는 듯이.

신중하게 나는 말합니다. 메릴랜드주 텔봇카운티에서는 노예 하나, 혹은 어떤 유색인을 죽이든 범죄로 취급되지 않습니다. 법정에서나 지역 사회에서도 마찬가지입니다. 세인트 마이클스의 토마스 랜먼 씨는 노예 둘을 죽였습니다. 그중 한 명은 손도끼로 뇌를 갈라 죽였습니다. 랜먼 씨는 피로 얼룩진 살벌한 행위를 자랑스레 떠벌리곤 했습니다. 그가 웃으면서 으스대는 걸 들은 적이 있는데, 자신이 이 마을에서 유일한 애국

자이며 다른 이들도 자신만큼만 하면, "썩을 깜둥이*들"을 모조리 없애 버릴 수 있을 거라고 했습니다.

당시 내가 살던 곳 근처에 살던 자일즈 힉스 씨의 부인은 내 아내의 사촌을 죽였습니다. 열다섯에서 열여섯 살가량 되는 어린 소녀의 몸을 처참하게 짓이겨 놓았지요. 소녀는 매를 맞아 코와 가슴뼈가 부러졌고, 몇 시간이 안 돼 가엾은 소녀는 생을 마감했습니다. 곧바로 소녀는 땅에 묻혔습니다. 그러나 몇 시간 뒤 소녀의 시신이 무덤에서 끄집어내졌고, 검시가 이루어졌습니다. 검시관은 소녀가 모진 매질로 인해 죽음에 이르렀다고 결론 내렸습니다. 소녀가 그렇게 살해당한 이유는 이렇습니다.

소녀는 그날 밤 힉스 부인의 아기를 돌봤는데 그만 잠들어 버렸습니다. 아기가 울었고, 전부터 내리 며칠 밤을 샜던 소녀는 아기 울음소리를 듣지 못했던 게지요. 소녀와 아기는 힉

---

* '깜둥이'로 번역한 원어 '니거(nigger)'는 백인이 흑인을 폄훼하는 말이면서, 흑인들 사이에서는 동료 의식을 갖게 하는 말이다. 인종 차별적 역사를 안은 단어로, 현재는 흑인이 아닌 사람은 함부로 사용할 수 없는 말이다. 이 책에서는 당시의 시대적 용어를 토대로 '깜둥이'로 번역했으나, 한국어로도 인종차별의 여지가 있어 사용해서는 안 되는 단어임을 밝혀 둔다.

스 부인과 같은 방에 있었습니다. 힉스 부인은 소녀가 움직임이 굼뜬 걸 보고는 침대에서 벌떡 뛰어나와 벽난로 근처에 놓인 나무 막대기를 집었습니다. 막대기로 소녀의 코와 가슴뼈를 분지르고 소녀의 생명을 앗아갔습니다. 이 참혹한 사건이 사회에 어떤 반향도 일으키지 않았다고는 말하지 않겠습니다. 반향을 일으키긴 했으나 살인자를 처벌할 정도는 아니었습니다. 힉스 부인에 대한 체포 영장이 나오긴 했지만 이행되지 않았지요. 덕분에 힉스 부인은 처벌받지 않았을 뿐 아니라 자신이 지은 흉악한 범죄로 기소되어 법정에 서는 수고조차 들이지 않았습니다.

이제까지 로이드 대령의 플랜테이션 농장에 살던 때 일어난, 피로 얼룩진 일들을 자세히 말했습니다. 그밖에 다른 사건에 대해서도 간략히 전하고자 합니다. 고어 씨가 뎀비를 살해했을 때와 유사한 시기에 일어난 일입니다.

로이드 대령 노예들은 밤이나 일요일에 굴(oyster)을 따러 가곤 했지요. 이걸로 얼마 안 되는 배급량의 결핍분을 채우곤 했습니다. 로이드 대령의 늙은 노예 하나가 굴을 따다가 빌 본들리 씨의 토지에 발을 들였습니다. 본들리 씨는 노예가 제 땅에 넘어온 것에 화가 치민 나머지 머스킷 총을 들고 해변으로 노인을 끌고 가, 불쌍한 노인이 죽을 때까지 총을 쏴댔습니다.

본들리 씨는 이튿날 로이드 대령을 찾아왔습니다. 로이드 대령의 소유물 훼손에 대한 배상을 하러 온 건지, 아니면 자신이 저지른 짓을 정당화하러 온 건지 나는 알지 못합니다. 어쨌든 이 무참한 짓은 곧 유야무야 덮였습니다. 그 일에 대해 거의 모두 입을 다물었고, 아무 일도 일어나지 않았습니다. 심지어 백인 소년들 사이에서조차 당시 흔한 말로, "깜둥이"를 죽이는 데 반 센트, 묻는 데 반 센트면 된다는 말이 돌았습니다.

05

해안도시 볼티모어로

로이드 대령의 플랜테이션 농장에 살았을 때의 내 생활을 돌이켜보면 다른 노예 아이들과 다를 바 없었습니다. 들판일 하기에는 너무 어렸고 그 밖에는 딱히 할 일도 없어서 빈둥거릴 만한 시간이 꽤 많았지요. 기껏해야 저녁 무렵 소떼를 몰거나, 정원에서 닭을 쫓거나, 앞마당을 청소했습니다. 아니면 옛 주인인 앤소니 선장의 딸, 루크리샤 얼드 부인의 심부름을 하는 게 다였지요. 남는 시간에는 대니얼 로이드 주인을 따라다니며 사냥한 새들을 거두러 다녔습니다. 대니얼 주인과 가까이 지낸 덕분에 나는 몇 가지 혜택을 누렸습니다. 그는 웬만하면 나를 옆에 끼고 다녔는데 덕분에 나를 보호해 주는 셈이 되었지요. 다른 형들이 내게 해코지하지 못하게 했으며, 내게 케이크를 나눠주기도 했고요.

옛 주인이 나를 채찍질하는 일은 드물었습니다. 내게 고통스러웠던 건 배고픔과 추위였지요. 굶주림으로 몹시 괴로웠지만, 추위로 인한 시련은 보다 처절했습니다. 뜨거운 여름에도 추운 겨울에도 발가벗다시피 다녔으니까요. 신발이나 긴 양말, 재킷이나 바지도 없었습니다. 무릎까지 내려오는 거친 리넨 셔츠 한 벌이 고작이었지요. 나는 침대가 없었습니다. 살을 에일 만큼 추운 밤에는 방앗간으로 운반하는 데 쓰는 빈 옥수수 자루를 훔쳤습니다. 그러고는 자루 안으로 기어들어가 차갑고 축축한 진흙 바닥에서 잠을 청했지요. 머리를 자루 안으로 집어넣고 두 발은 밖으로 내놓은 채로. 그러지 않았다면 아마 얼어 죽었을 것입니다. 발은 서리로 인해 갈라져, 내가 글을 쓰고 있는 펜이 갈라진 틈에 들어갈 정도였습니다.

우리에게 배급되는 음식은 일정치 않았습니다. 밥은 거친 옥수수를 끓인 것으로 **곤죽**이라고 불렀지요. 나무로 된 큰 쟁반이나 구유에 부어 땅바닥에 놓고는 돼지 떼 부르듯 아이들을 불렀습니다. 돼지 떼처럼 아이들이 다가와 곤죽을 게걸스레 먹어 치웠지요. 굴 껍데기로 먹는 애들, 지붕널 조각으로 떠먹는 애들도 있었는데, 손으로 떠먹기도 했습니다. 우리 중 누구도 숟가락이 없었지요. 가장 빨리 먹는 자가 가장 많이 먹을 수 있었고, 제일 힘센 자가 제일 좋은 자리를 차지했습니다. 그러나 배가 불러 구유를 떠나는 아이는 거의 없었습니다.

내가 로이드 대령의 플랜테이션 농장을 떠났을 때가 아마 일

고여덟 살 때쯤이었던 것 같습니다. 나는 기쁨에 넘쳐 그곳을 떠났지요. 옛 주인(앤소니)이 나를 볼티모어에 보내기로 했다는 걸 알게 된 그날의 흥분을 난 잊지 못합니다. 볼티모어에 사는 휴 얼드 밑에서 살게 될 터였습니다. 그는 옛 주인의 사위인 토마스 얼드 선장과 형제지간이었습니다. 이 소식을 출발 사흘 전에 알게 되었고 그 사흘간이 내가 누린 최고로 행복한 시간이었습니다. 사흘 동안, 플랜테이션 농장의 각질을 깨끗이 벗기고 떠날 채비를 하느라 개울가에 붙어 시간을 보냈지요.

씻는 데 공을 많이 들였지만, 외모에 신경 써서가 아니었어요. 그저 루크리샤 부인이 한 말 때문이었습니다. 그녀는 볼티모어에 가기 전에 내 발과 무릎에 낀 각질 더께를 남김없이 떼내야 한다고 말했습니다. 볼티모어 사람들은 굉장히 청결해서 더러운 나를 보면 비웃을 거라면서요. 또 그녀는 바지 한 벌을 주며, 때를 다 벗기면 입을 수 있다고 했습니다. 바지 한 벌을 가진다는 생각만으로도 말도 못하게 짜릿했습니다! 이건 충분한 동기부여가 되어서, 돼지치기들이 말하는 가축 피부병을 없애는 것 말고도 피부 자체를 벗기라 했어도 그렇게 했을 것입니다. 평생 처음 보상받는다는 기대로 구석구석 씻는 데 열중했지요.

아이들이 보통 제 집에 느끼는 정겨움이 내 경우엔 존재하지 않았으므로, 떠나는 게 받아들이기 힘든 일이 아니었지요. 살던 집에 대한 정은 없었고, 집이라 할 만한 곳도 아니었습니다. 그곳에 머물 때만 느끼는 애틋한 뭔가를 두고 떠난다는 느낌도 없었습니다. 어머니는 돌아가셨고 외할머니는 멀리 떨어져 살아 마주칠 일이 별로 없었습니다. 여동생 두 명과 남동생 하나가 나와 한집에 살고 있었지만, 일찌감치 어머니와 떨어뜨려 놓는 바람에 우리가 한 가족이라는 사실은 서로의 기억 속에도 희미했습니다. 나는 다른 데 집이 생기길 간절히 바랐고, 지금 떠나는 곳보다 못한 곳은 없다고 자신했지요. 설사 새집에서 고통, 굶주림, 채찍질, 맨몸으로 다녀야 하는 고초를 겪는다 해도, 이곳에서도 마찬가지일 거라는 생각이 위안이 되었습니다. 옛 주인 집에서 그런 고생을 이미 맛봤고 견뎌냈으므로 너무도 자연스럽게 어디서든, 특히 볼티모어에서라면 얼마든지 버틸 수 있다고 확신했습니다. 내가 볼티모어에 갖는 느낌은 다음 속담에 잘 녹아나 있습니다. "아일랜드에서 늙어 죽느니, 영국에서 교수형 당하는 게 낫다." 나는 볼티모어를 보고 싶은 열망으로 가득했습니다. 말솜씨가 없는 사촌 형 톰이 그곳을 꽤 그럴싸한 말로 묘사하는 바람에 그런 욕망을 내게 지핀 것이죠. 아무리 '위대한 집'에 있는 아름답고 멋진 것을 대도, 톰은 볼티모어에서 훨씬 대단한 걸 보았다고 했습니다. 심지어 '위대한 집' 안에 있는 미술 작품을 전부 포함하더라도, 볼티모어에 있는 수많은 건물에 비하면 한참 떨어진다는 것이었죠. 내 욕망은 비대해져 그 대가로 안락한 생활을 포기해야 하더라도, 볼티모어에 가는 것만으로 충분히 보상이 될 거란 생각이었습니다. 때문에 아쉬움 없이 떠났습니다. 미래의 행복을 얻으리란 드높은 희망을 품고.

토요일 아침, 우리는 볼티모어에 가려 마일스강을 따라 항해했습니다. 요일만 기억나는데, 어렸던 나는 한 달의 개념을 몰랐고 일 년의 개념도 몰랐지요. 돛이 펼쳐지자 배 뒤편으로 가서 마지막이 되길 바라는 마음으로 로이드 대령의 플랜테이션 농장을 바라보았습니다. 그러고선 뱃머리에 서서 그날 내내 배 앞으로 펼쳐지는 풍경만 응시했습니다. 옆이나 뒤가 아닌 저 앞에 있는 것에 집중하면서요.

그날 오후, 메릴랜드주 수도인 아나폴리스에 도착했습니다. 아주 잠깐 머물렀으므로 강변으로 나가볼 틈도 없었지요. 아나폴리스는 그때까지 내가 본 중 제일 큰 도시였습니다. 우리 뉴잉글랜드에 있는 공장 도시들보다는 작을지언정, 작은 크기

볼티모어 펠스포인트 바다 위 배들의 모습 (2024)

에 비하면 굉장했습니다. 심지어 '위대한 농장'보다도 인상적
이었지요.

일요일 이른 아침 볼티모어에 도착해, 보일리 부두에서 멀지
않은 스미스 부두란 곳에 배를 댔습니다. 배는 갑판에 큰 무리
의 양떼를 싣고 있었습니다. 로든 슬래터 언덕 위 커티스 씨 도
살장으로 양떼를 몰아갈 참이었는데, 나는 이를 돕고 있었지
요. 그때 배 일꾼 중 하나인 리치가 나를 가드너 씨 조선소 근
처, 펠스포인트의 알리시아나 거리에 있는 새집으로 데려갔습
니다.

얼드 부부가 집 문 앞에서 나를 맞았고요. 어린 아들 토마스
와 함께였는데 이 아이를 돌보는 게 내 임무였습니다. 이곳에
서 나는 여태껏 본 적이 없는 것을 보았습니다. 무척이나 다정
한 마음으로 환하게 웃는 백인의 얼굴이었지요. 소피아 얼드
라는 새 여주인 얼굴이었습니다. 그 얼굴을 처음 보았을 때 내
영혼을 훑고 지나간 환희를 묘사할 수 있으면 좋겠습니다. 그
것은 내 앞길을 행복의 빛으로 밝히는, 생경하면서도 신선한
광경이었습니다. 그녀는 어린 토마스에게 말했습니다. "여기

너의 프레디*가 왔단다." 내게는 이렇게 말했습니다 "어린 토마스를 잘 돌봐 주렴." 나는 앞으로 펼쳐질 삶에 대한 부푼 기대를 안고 새 집에서의 임무를 맡게 된 것입니다.

　로이드 대령의 플랜테이션 농장에서 벗어난 것은 내 인생에서 가장 신비로운 사건 중 하나입니다. 농장에서 볼티모어로 옮겨왔다는 단순한 사실이 없었다면, 오늘날 내가 책상에 앉아 자유와 가정의 행복을 느끼면서 이 이야기를 쓰는 일은 없었을 것입니다. 대신 노예제도라는 울분의 사슬에 묶여 있었을 가능성이 지극히 농후하지요. 볼티모어로의 이주는 이후 내 성장의 기반이 되어 주었고, 성장으로 가는 문을 열어 주었습니다. 줄곧 나와 함께 하시고 많은 은혜를 내려주신 다정하신 신의 섭리를 처음으로 확실히 느끼게 된 사건이었습니다. 내가 선택받은 것은 뭐랄까, 기적이었습니다. 농장에서 볼티모어로 보내졌을 만한 노예 아이들은 많았습니다. 나보다 어린아이도, 나보다 나이 많은 아이도, 나와 동년배인 아이도 있었지요. 그들 가운데 내가 선택된 것이고, 처음이자 마지막인 유일무이

---

*　프레더릭의 친근한 표현.

한 선택이었습니다.

이 사건이 유독 나를 위해 안배된 신의 섭리라 보는 것은 미신적이고, 지극히 자기중심적으로 보일지도 모릅니다. 그럼에도 전부 다 제대로 말하지 않는다면, 내 영혼이 느꼈던 어린 시절의 느낌을 속이는 것이 됩니다. 나는 자신에게 진실하고 싶습니다. 비록 누군가의 비웃음을 사더라도 스스로를 속여 자기혐오를 불러일으키는 것보다 낫다고 생각합니다. 내 첫 기억의 순간부터, 나는 언젠가 참혹한 노예 생활에서 벗어나리라는 깊은 확신을 품었습니다. 노예 생활 중 겪었던 칠흑 같던 어둠의 시간에도 이 살아있는 믿음의 말, 희망의 정신은 나를 떠나지 않았습니다. 아니 어둠을 더듬으며 나아갈 때 오히려 천사들처럼 기운을 북돋아 주었습니다. 이 선한 정신은 하나님으로부터 온 것이며 그분께 감사와 찬미를 보냅니다.

06

노예로 만들 수 있는 힘

새 여주인, 그녀를 문 앞에서 처음 만났을 때의 내 인상은 틀리지 않았습니다. 다정한 마음과 순수한 심성을 지닌 여성이었지요. 그녀는 이때껏 노예를 부려 본 적이 없었으며, 결혼 전에도 자신의 힘으로 생활을 영위했었습니다. 옷감을 짜서 팔았는데 꾸준히 사업에 전념했던 터라 노예제도가 가진 파괴적이고 비인간적 영향에서 비껴나 있었습니다. 나는 그녀의 선한 심성에 놀라지 않을 수 없었습니다. 그녀 앞에서 어떻게 행동해야 할지 갈피를 잡을 수 없을 정도였어요. 여태껏 봐왔던 어떤 백인 여자와도 달랐으며, 일전에 겪었던 백인 안주인들에게 다가가듯 다가갈 수가 없는 존재였습니다. 이제껏 체득한 것도 죄다 무용지물이었지요. 노예라면 응당 표해야 하는, 굽신거리는 굴종이 그녀에게는 통하지 않았습니다. 그런 태도로는 그녀의 호감을 얻지 못했으며, 오히려 불편해 하는 듯했습니다. 노예가 그녀의 얼굴을 똑바로 보는 것도 그녀는 무례하다거나 버릇없다고 여기지 않았지요. 되먹지 못한 노예라도 그녀와 함께 있으면 마음이 절로 편안해졌고, 얼굴만 봐도 기분이 좋아졌습니다. 그녀의 얼굴은 천상의 미소를 머금고 있었고, 목소리는 평온한 음악이었지요.

하지만 세상에! 이런 친절한 마음씨는 그저 잠시 뿐이었습니다. 이미 그녀 두 손에 무소불위 권력이 주는 치명적 독이 퍼졌고, 그 독은 곧 간악한 일을 시작했습니다. 쾌활하던 눈이 노예제도의 영향으로 분노에 사로잡혔습니다. 아름다운 화음을 내면 다정한 목소리가 가혹하고 지독한 불협화음으로 바뀌었습니다. 천사 얼굴은 악마 얼굴이 되고 말았습니다.

처음에 내가 얼드 부부와 함께 살게 되자, 그녀는 친절하게도 내게 A, B, C를 가르치기 시작했습니다. 그러고는 내가 서너 개의 철자로 된 단어를 쓸 수 있게 도와주었지요. 막 나아지려는 찰나, 무슨 일이 일어나고 있는지 알게 된 휴 얼드 씨가 가르치는 걸 그 자리에서 중단시켰습니다. 무엇보다 노예에게 글자를 가르치는 건 불법이며 위험하다고 부인에게 말하는 것이었습니다. 그의 말을 빌리면, "당신이 깜둥이에게 한 치를 주면, 그놈은 한 자를 뺏어갈 거야. 깜둥이는 주인한테 복종하는 법만 배워야 해. 시키는 대로만 하면 된다고. 배움이란 건 세상에서 가장 훌륭한 깜둥이를 **망칠 수 있어.** 지금 당신이 저 깜둥이(나를 말하고 있었지요.)한테 글자를 알려주면 저놈을 데리고 있을 수 없게 돼. 저 녀석은 영원히 노예에 적합하지 않게 될 거라고. 더이상 다룰 수 없는 놈이 되고 주인에게 가치가 없어져. 저 녀석한테도 좋을 게 하나도 없어. 오히려 큰 화가 될 거야. 불만족스럽고 불행해질 거라고." 이 말은 내 마음속 깊이 파고들었습니다. 잠자고 있던 감정들이 소용돌이쳤고 완연히 새로운 생각들이 꼬리에 꼬리를 물고 이어졌습니다. 그것은 전혀 새롭고 특별한 자각으로, 그동안 어둡고 기이하게 여겨졌던 것들을 해명해 주고 있었습니다. 내가 유년 시절 이해하려 했으나 이해할 수 없던 암담하고 기이했던 것들, 도저히 풀리지 않던 난제가 비로소 이해되기 시작했습니다. 나를 끊임없이 괴롭혔던 질문─백인이 흑인을 노예로 만들 수 있는 힘이 무엇인지 깨달았습니다. 엄청난 발견이었고, 나는 그 발견을 몹시 소중하게 여겼습니다. 그때부터 나는 노예생활에서 벗어나 자유로 가는 길을 이해하기 시작했습니다. 그것이야말로 내가 알아내고 싶던 것이었고, 전혀 뜻밖의 순간에 발견한 것이었습니다. 앞으로 친절한 여주인이 도와주지 않게 된 것은 안타까웠지만, 순전히 우연히 주인에게서 소중한 가르침을 듣게 된 것은 기뻤습니다. 선생님 없이 글자를 익히는 게 얼마나 힘든

지 알면서도, 벅찬 희망과 확고한 목적이 생겼지요. 그래서 어떤 대가를 치르는 한이 있더라도 글자를 익히기로 마음먹었습니다. 단호했던 주인의 말, 나를 가르치면 끔찍한 결과가 뒤따를 거라 부인에게 인상 깊게 전달하려던 노력은, 그 말의 진실을 그 자신도 깊이 인지하고 있다는 확신을 갖게 했습니다. 내게 읽는 법을 가르치는 것이 불러올 결과에 대한 그의 또렷한 확신이, 내가 그 말을 더 믿게 된 꼴이었습니다. 그가 가장 두려워하던 것, 그것이야말로 내가 가장 원하던 것이었습니다. 그가 가장 애지중지하던 것, 그것이야말로 내가 가장 혐오하던 것이었습니다. 그가 신중히 피하려던 최고의 악은 내가 부지런히 찾아 헤매던 최고의 선이었습니다. 내게 글자를 가르쳐선 안 된다고 조목조목 설득했던 말은, 오히려 내게 글자를 배우고자 하는 욕망과 결심을 불러일으켰지요. 글자를 배우는 데 있어, 여주인의 친절한 도움 못지않게, 주인의 격렬한 반대에도 동일한 정도로 빚을 졌습니다. 인정하건대 난 이 둘 양편으로부터 도움을 받았습니다.

볼티모어에 머문 지 얼마 되지 않아, 이곳에서 노예를 다루는 법은 시골에서 접했던 방식과 사뭇 다르다는 걸 알게 되었습니다. 도시 노예는 플랜테이션 농장의 노예에 비하면 자유

프레더릭 더글러스가 쓰던 책상

노예의 삶, 인간의 목소리

인이나 다름없었습니다. 먹는 것도, 입는 것도 괜찮았으며, 농장 노예라면 꿈도 못 꾸는 특권을 누리고 있었지요. 도시에서는 체면과 수치심이 어느 정도 존재했습니다. 그래서 농장에서 흔히 터져나오는 무도한 잔인성을 억제하고 제어하려 애썼지요. 살점이 베이는 노예의 비명은, 노예가 없는 이웃들에게 비인간적 행위로 비쳐 충격을 줄 수 있었습니다. 그런 주인은 최악의 노예주로 여겨졌지요. 잔혹한 주인이라는 거북한 평판을 바라는 사람은 거의 없습니다. 무엇보다 노예에게 먹을 걸 제대로 안 주는 주인으로 알려지길 꺼렸지요. 도시에서는 노예주가 노예를 배불리 먹인다는 평판을 갈구했고, 대부분 노예에게 먹을 걸 충분히 주는 것도 사실입니다. 그렇지만 이런 규칙에도 마음 아픈 예외가 몇 있습니다. 우리 집 맞은편 필폿 거리에 토마스 해밀턴이란 사람이 살았습니다. 그는 헨리에타와 메리라는 두 명의 노예를 두고 있었지요. 헨리에타는 스물두 살 정도, 메리는 열네 살쯤 된 아이였습니다. 짓이겨지고 수척한 노예를 수없이 봤지만, 둘처럼 처참한 경우는 보지 못했습니다. 해밀턴의 심장은 돌보다 딱딱한 지 보고도 아무 느낌이 안 드는 모양이었습니다. 메리의 머리, 목, 어깨는 말 그대로 난도질되어 있었습니다. 종종 메리의 머리를 만져보면, 잔혹한 여주인의 채찍으로 곪아 터진 피고름에 뒤덮여 있었지요. 해밀턴 씨가 메리에게 채찍을 대는지는 모르겠지만, 해밀턴 부인의 포악함은 내 두 눈으로 똑똑히 보았습니다. 나는 거의 매일 해밀턴 씨 집에 있었는데, 해밀턴 부인은 방 한가운데 놓인 큰 의자에 앉아 있곤 했습니다. 소가죽 채찍이 손 닿는 데 늘 놓여 있었고, 매시간 거르지 않고 채찍에 헨리에타나 메리의 피가 묻어났지요. 두 소녀가 지나갈 때 "빨리 움직여, **깜둥이 년!**"이란 말과 함께 소녀들의 머리나 어깨로 가죽 채찍이 떨어졌고, 맞은 자리에선 금세 피가 흐르곤 했습니다. "이걸 받아, 이 **깜둥이 년!**" 그녀는 이어서 말했습니다. "빨리 안 움직이면 내가 움직이게 해 주지!" 이 노예 소녀들은 모진 채찍질을 견디는 것 말고도 곪어 죽을 정도의 고통도 겪고 있었습니다. 그들은 한 끼니를 배부르게 먹는다는 게 무슨 뜻인지 몰랐습니다. 메리가 길거리에 던져진 고기 내장을 먹으려 돼지들과 다투는 것을 본 적이 있습니다. 메리는 하도 발길질을 당하고 살점이 베이는 바람에, 메리란 이름보다 **"채찍받이"**란 별명으로 자주 불렸습니다.

07

스스로 글을 배운다는 것

나는 휴 얼드 가족과 대략 7년을 살았습니다. 이 7년간 글을 읽고 쓸 줄 알게 되었지요. 해내기까지 별의별 방법과 수단을 생각해내야만 했고요. 나에게 글을 가르쳐 줄 선생님은 없었습니다. 다정하게 글을 가르쳐주던 여주인은 남편의 조언과 지시에 따라 가르치는 걸 멈췄습니다. 게다가 다른 사람이 가르치는 것마저 금했지요. 다만 여주인이 즉각적인 조치를 취한 건 아니었습니다. 처음에 그녀는 아직 나를 정신적 어둠 속에 철저히 가둘 만큼 독하지는 못했으니까요. 나를 짐승처럼 다룰 수 있으려면, 그녀는 무소불위의 권력을 행사하는 법을 먼저 터득해야만 했지요.

여주인은 내가 앞서 말한 대로 다정하고 부드러운 심성을 가진 여자였습니다. 내가 처음 그 집에 갔을 때 그녀는 순수한 마음에서 인간이 다른 인간을 대해야 하는 방식으로 나를 대했습니다. 노예주가 되었어도 내가 그저 한낱 소유물에 불과하다는 걸 인지하지 못했습니다. 또 나를 인간으로 대하는 것이 잘못일 뿐 아니라 위험하다는 걸 깨닫지 못했던 듯합니다. 노예제도는 내 영혼을 파괴한 만큼 그녀의 영혼에도 씻을 수 없는 상흔을 남겼습니다. 내가 막 그곳에 도착했을 때만 해도 그녀는 경건하고 따뜻하며 마음씨 고운 여자였습니다. 슬픔이나 아픔을 보고 눈물 흘리지 않은 적이 없었지요. 배고픈 이에게는 빵을, 헐벗은 이에게는 옷을, 그녀의 손길이 닿는 모든 신음하는 이들에게 위로를 건넸습니다. 그러나 노예제도는 곧 그녀가 지닌 천상의 자질을 앗아갔습니다. 부드러운 심장은 돌로 변했고 순한 양 같은 성격은 호랑이의 사나움에 자리를 내주었습니다. 타락으로 가는 첫 걸음이 바로 나를 가르치길 중단한 것이었죠. 그녀는 남편의 지침을 따랐고, 마침내는 글을 가르치는 걸 남편보다 극렬히 반대했습니다. 그녀는 남편의 지시를 따르는 데 그치지 않고, 더 잘해내기 위해 애쓰는 것 같았습니다. 특히 내가 신문 들고 있는 걸 보면 격노했습니다. 마치 신문 속에 위험이 도사리고 있기라도 한 양, 잔뜩 화난 얼굴로 달려들어 신문을 낚아챘습니다. 염려와 두려움이 뚜렷이 드러나는 행동이었지요. 그녀는 영리한 여성이어서, 짧은 경험만으로도 교육과 노예제도는 역시 양립할 수 없다는 사실을 깨달았던 것입니다.

이때부터 나는 엄중히 감시 받았습니다. 오랫동안 다른 방에 있으면 책 본다고 의심 받았고, 뭘 하고 있었나 즉시 보고해야 했지요. 하지만 이미 때늦은 조처였습니다. 첫 번째 발걸음을 이미 내딛은 터였지요. 여주인이 내게 글자를 가르치면서 이미 내게 **한 치**를 주었고, 아무리 조심하더라도 내가 **한 자**를 얻어가는 걸 막을 수는 없었습니다.

내가 취한 계획, 무엇보다 효과적이었던 방법은 길거리에서 만난 백인 소년들과 친구가 되는 것이었습니다. 최대한 많이 선생님으로 삼았습니다. 그들의 배려 덕분에 각기 다른 시각, 각기 다른 장소에서 도움을 받을 수 있었고, 마침내 읽는 법을 깨치는 데 성공했습니다. 나는 심부름 갈 때면 매번 책을 들고 나갔고, 후딱 심부름을 해치운 뒤 돌아가기 전 글자 익힐 시간을 짜냈습니다. 빵도 가지고 다녔습니다. 집엔 빵이 풍족했고 언제든 집어 올 수 있었거든요. 이 점에 있어서는 이웃의 가난한 백인 아이들보다 형편이 나았습니다. 빵을 가난한 부랑아들에게 주는 대가로 훨씬 값어치 있는 지식이란 빵을 얻을 수 있었지요. 소년들 두세 명의 이름을 여기 밝히고 싶은 마음이 굴뚝 같습니다. 얼마나 고마운지 알리고 싶은 마음에서요. 그러나 신중함이 나를 망설이게 합니다. 내게는 해가 안 되겠으나 그들에게는 난처한 일이 될 수도 있으니까요. 이 기독교 국가에서는 노예에게 읽는 법을 가르치는 것이 용서받기 힘든 범죄기 때문입니다. 여기서는 그저 사랑스런 어린 친구들이 더긴과 베일리 조선소 근처 필폿 거리에 살았다고 적어 두는 정도로 만족해야겠습니다. 나는 그 애들이 어른이 되면 그렇듯 나도 자유롭고 싶다고 토로하곤 했습니다. "너희들은 스물한 살이 되면 자유로워지겠지. **하지만 난 평생 노예야!** 난 너희가 가진 자유를 가질 자격이 없는 거니?" 이 말은 그들을 곤란하게 했습니다. 그들은 진심으로 안타까워하며, 내가 자유로워지는 때가 오길 바란다고 위로해 주었지요.

당시 나는 열두 살가량이었고, **평생 노예**로 살리란 생각이 가슴을 무겁게 짓눌렀습니다. 바로 그즈음 『콜롬비아 연설가』란 책을 손에 넣게 되어, 틈나는 대로 읽었습니다. 여러 흥미로운 이야기들이 많았는데, 그중에 주인과 노예가 나누는 한 대화가 인상적이었지요. 노예가 주인으로부터 세 번 도망치고 세 번째로 다시 잡혔을 때의 대화였습니다. 여기서 주인은 노예제도를 옹호하는 모든 논거를 제시했는데, 노예는 주인의 주장을 빈틈없이 반박했습니다. 노예는 주인에게 무척이나 똑똑하고 인상적인 대답을 했고, 그 논박은 그가 원했으나 기대하지는 못했던 결과를 끌어냈습니다. 주인이 스스로 그 노예를 해방시켰던 것입니다.

같은 책에서 셰리던*의 가톨릭 해방을 위한 호소력 짙은 연설을 접했습니다. 이런 문서들이 내게는 무척이나 소중한 자료였습니다. 여러 번 되풀이 해 읽어도 지루한 줄 몰랐지요. 그 자료들은 내 영혼에 들어 있던 흥미로운 생각들, 간혹 마음속에서 한순간 번뜩였다 명료한 표현을 찾지 못해 사그라졌던 생각들에 언어를 부여해 주었습니다. 앞서 말한 노예와 주인의 대화에서 배운 교훈은, 노예주의 양심에 가책을 줄 수 있을 정도로 진실은 힘이 세다는 것이었습니다. 셰리던 연설에서는 노예제도에 대한 대담한 규탄과 인권에 대한 강력한 변호를 배웠습니다. 이 문서들을 접하면서 내 생각을 표현할 수 있었고 노예제도를 지지하는 주장에 맞설 수 있었습니다.

이것들이 언어를 찾지 못하던 난관을 해결해 준 반면, 그보다 더한 고통도 가져왔습니다. 읽으면 읽을수록 나를 노예로

---

* 리차드 브린슬리 셰리던(Richard Brinsley Sheridan, 1751~1816) : 아일랜드의 극작가이자 정치가.

만든 이들을 증오하고 혐오하게 된 것입니다. 그들은 성공한 강도떼에 지나지 않았습니다. 제 집을 나와 아프리카로 가서는, 우리를 집에서 끌어내 생경한 땅으로 끌고와 노예로 살게 했습니다. 너무나 저열하고 사악하고 혐오스러운 인간들이었지요. 이 주제에 대해 읽고 천착하자, 아하! 내 주인 휴가 예견한 바대로 글을 배우면 생겨나리라 했던 불만족이 성큼 다가와 나를 번민하게 하고 내 영혼에 말할 수 없는 고통을 던져주었습니다. 괴로움에 몸부림치다 보면 글을 배운 것이 때로 축복이라기보다 저주처럼 느껴졌지요. 비참한 내 처지를 깨닫게 해주었지만, 대안은 없었습니다. 무참한 구덩이 안에 있다는 건 알게 됐지만, 빠져나올 사다리는 없었습니다. 고뇌에 빠진 나는 차라리 아무것도 모르는 동료 노예들이 부러울 지경이었습니다. 때로 내가 짐승이길 바랐습니다. 내 처지보다 파충류의 삶이 부러웠고요. 어떤 것이든 좋았습니다. 생각하는 걸 멈출 수만 있다면! 내 처지에 대한 자각이 끊임없이 쳐들어와 정말 미칠 지경이었습니다. 떨칠려야 떨칠 수가 없었지요. 보이는 것이든 들리는 것이든, 생물이든 무생물이든 간에 모든 것이 나를 생각으로 몰아쳤습니다.

자유라는 은나팔이 내 영혼을 영원히 일깨웠습니다. 자유가 머릿속에서 도저히 사라지지 않았습니다. 모든 소리에서 자유가 들리고, 모든 것에서 자유가 보였습니다. 그것은 늘 처절한 상황을 깨닫게 하면서 나를 괴롭혔습니다. 자유를 보지 않고는 어떤 것도 볼 수 없었고, 자유를 듣지 않고는 어떤 것도 들을 수 없었으며, 자유를 느끼지 않고는 어떤 것도 느낄 수 없었습니다. 자유, 그것은 모든 별에 자리했고, 모든 고요 속에 미소지었으며, 모든 바람결에서 숨을 쉬고, 모든 폭풍 안에서 휘돌았습니다.

때로 내가 존재한다는 것이 원망스러워 차라리 죽어 버렸으면 했습니다. 자유에 대한 희망이 없었다면 분명 자살하거나 죽임 당할 만한 짓을 저질렀을 것입니다. 이런 마음 상태였음에도 누군가 노예제도에 대해 연설한 것이라면 간절히 듣고 싶었습니다. 나는 기꺼이 들을 준비가 되어 있었지요. 때로 폐지론자(abolitionist)에 대해 듣기도 했습니다. 폐지론자라는 말뜻을 알게 되기 얼마 전의 일이었지요. 그 단어에는 뭔가가 있었습니다. 어느 노예가 도망쳐 감쪽같이 자취를 감추거나, 노예가 주인을 죽였다거나, 마구간에 불을 질렀거나, 노예주 입장에서 해서는 안 될 일을 했다 하면 **폐지**(abolition)의 결실처럼 말하고들 했습니다. 이런 식으로 이 단어를 수시로 접하자 뭘 의미

노예의 삶, 인간의 목소리

하는지 알아보기로 마음먹었습니다. 사전은 일절 도움이 되지 않았습니다. 사전에서 폐지란 "없애 버리는 행위"라고 쓰여 있었거든요. 하지만 무엇을 폐지하려는지 알 수 없었습니다. 이 지점이 당혹스러운 부분인데, 뜻이 뭔지 다른 이에게 감히 물을 수도 없었습니다. 그들은 내가 모르길 바라는 게 분명했고 묻지 않는 편이 나았습니다. 끈질기게 때를 기다린 끝에 우리 도시의 신문 하나를 얻게 되었습니다. 거기에는 북부에서 얼마나 많은 탄원서가 빗발쳤는지 보여주고 있었는데, 콜롬비아 특별구(D.C.)* 지역에서 노예제도, 그리고 각 주 사이에서 벌어지는 노예무역을 폐지하자는 탄원서였습니다. 비로소 나는 **폐지**와 **폐지론자**란 말뜻을 이해하게 되었습니다. 그 단어가 언급되기라도 하면 언제고 옆에 따라붙어서는, 나나 동료 노예들에게 의미 있는 것을 듣게 되지는 않을까 싶었지요.

그러던 어느 날 서서히 빛이 비추기 시작했습니다. 하루는 워터스 씨 부두로 내려갔는데, 거기 아일랜드인 둘이 배에서 돌을 부리는 게 보였습니다. 나는 곧장 그들에게 가서, 묻지도

---

* 워싱턴 D.C.를 말한다.

않고 일을 도왔습니다. 일이 끝나자 둘 중 하나가 내게 노예인지 물었습니다. 나는 그렇다고 대답했습니다. "평생 노예로 산다고?" 나는 그렇다고 말했습니다. 착한 아일랜드인은 내 대답에 마음 아파하는 것 같았지요. 그는 옆 사람에게 말했습니다. "이렇게 괜찮은 소년이 평생 노예로 살아야 한다니 안타깝군" 나를 노예로 삼는 것은 부끄러운 짓이라고도 했습니다. 둘은 내게 북부로 도망치라 충고했습니다. 거기서 친구들을 찾아 자유인이 되라고. 나는 그들이 하는 말에 관심 없는 척했습니다. 하나도 못 알아먹는 척했지요. 신뢰할 만한 자들인지 겁이 났으니까요. 백인들은 노예에게 도망치라고 부추긴 뒤, 막상 도망치면 보상금을 챙기려 그를 붙잡아 주인에게 되돌려 보내는 경우가 있었습니다. 이 선량해 보이는 이들이 나를 그렇게 이용할까 봐 겁이 났습니다. 그럼에도 그들의 조언을 기억해 두었고, 그때부터 도망칠 결심을 했습니다. 도망치기 적당한 때를 기다렸지요. 당시 나는 너무 어렸으므로 당장 도망친다는 건 생각하지 못했습니다. 게다가 글자 쓰는 법을 마저 배우고 싶었지요. 통행증을 직접 써야 하는 경우가 생길지도 모르니까요. 언젠가 적당한 기회가 올 것이라는 희망으로 스스로를 다독이며 그동안 글자 쓰는 법을 배우기로 했습니다.

어떻게 하면 글자 쓰는 법을 익힐 수 있을까 하는 고민의 답은 더긴과 베일리 조선소에 있을 때 찾아왔습니다. 흔히 선박 목수들이 목재를 자르고 사용 준비를 마친 뒤, 그 목재에 해당하는 선박 부분의 명칭을 적었습니다. 좌현(larboard)에 쓰일 목재는 "L"로 표시했고, 우현(starboard)에 쓰일 목재는 "S"로 표시했습니다. 좌현 앞쪽(larboard forward)이면 "L. F."로, 우현 앞쪽(starboard forward)이면 "S. F." 좌현 뒤쪽(larboard aft)은 "L. A.", 우현 뒤쪽은 "S. A."였지요. 나는 곧 이 글자들의 명칭과 그 목재들이 선박의 어느 부분에 쓰이는지 익혔습니다. 그러고는 그 자리에서 글자들을 따라 썼고 단시간에 네 글자를 쓸 수 있었습니다. 그 뒤로 글자 쓸 줄 아는 소년을 만날 때마다 나도 그 애만큼 글자를 쓸 수 있다고 말하곤 했습니다. 그러면 그 애는 말했지요. "믿을 수 없어. 한번 써 봐." 나는 운 좋게 익힌 글자를 써 보이며 맞지 않냐고 물어봤습니다. 이런 식으로 꽤 쏠쏠한 쓰기 수업을 받았습니다. 이 방법 말고는 절대 배울 수 없었을 테지요. 이 기간 내 공책은 울타리였고 벽돌벽이었으며 길바닥이었습니다. 내 펜과 잉크는 백묵 조각이었습니다. 그것들로 쓰는 방법을 터득했지요. 그 뒤, 웹스터 철자책의 이탤릭체를 베껴 쓰기 시작했고 책을 보지 않고 쓸 수 있을 때까지 연습을 이어갔습니다. 이때쯤 어린 주인 토마스는 학교에서 글자 쓰는 법을 배웠으며 공책에 쓰기 연습을 했습니다. 토마스는 공책들을 집으로 가져와 이웃에게 보여주고는 한 켠에 쌓아 두었습니다. 여주인은 매주 월요일 오후 월크 거리에 있는 예배당 모임에 가곤 했는데 그러면 내가 집을 보았습니다. 홀로 남은 나는 토마스의 공책 빈 곳에 그 애가 썼던 것을 따라 쓰며 시간을 보냈습니다. 토마스와 글씨체가 비슷해질 때까지 계속 연습했습니다. 그렇게 수년간 지난한 노력을 들인 끝에 마침내 글자 쓰는 법을 완전히 익힐 수 있었습니다.

08

짐승과 인간

내가 볼티모어에 온 지 얼마 안 돼 옛 주인의 막내아들 리차드가 세상을 떠났습니다. 리차드가 죽고 3년 반이 지나자 옛 주인 앤소니 선장도 유명을 달리하였습니다. 큰아들 앤드류와 딸 루크리샤만 남았으므로 둘은 아버지 재산을 나눠야 했습니다. 앤소니 선장은 힐즈버러에 딸을 보러 가던 차였고, 예기치 못한 죽음으로 재산 분배에 대한 유언장도 남기지 못했습니다. 그래서 재산 가치를 평가할 필요가 있었지요. 재산은 루크리샤와 앤드류에게 동등하게 배분될 예정이었고요. 즉시 나는 다른 재산과 함께 가격 책정을 받기 위해 호출됐습니다. 여기서 나는 노예제도에 대한 혐오감을 다시금 느꼈습니다. 내 역겨운 상황을 새삼 자각하게 되었지요. 이전에도 내 처지에 대해 전혀 몰랐던 건 아니었지만 어느 정도는 무지한 채로 살았던 것입니다. 어린 나는 슬픔에 눌리고 두려움에 가득 차 볼티모어를 떠났습니다. 로웨 선장이 모는 '와일드 캣'이란 스쿠너 범선을 타고서였지요. 24시간 정도 항해했을까요. 내 고향 부근에

왔다는 걸 깨달았습니다. 근 5년간 가지 못했던 곳이지만 선명히 기억났습니다. 그곳을 떠날 때 나는 겨우 다섯 살이었지요. 그 뒤로 로이드 대령의 농장에서 옛 주인과 함께 살았고, 다시 돌아온 지금 내 나이는 대략 열 살과 열한 살 사이였습니다.

우리는 한 데 모여 가치 등급이 매겨졌습니다. 남자와 여자, 노인과 젊은이, 기혼자와 미혼자가 말, 양, 돼지와 함께 취급되었지요. 말떼와 남자들, 소떼와 여자들, 돼지떼와 아이들이 같은 등급이었고 한자리에서 세부 검사를 받았습니다. 은발 노인과 힘찬 젊은이, 젊은 여자와 나이 든 여자 누구나 동일하게 무례한 검사를 받아야 했습니다. 이때 노예와 노예주 모두에게 비인간적인 영향을 미치는 노예제도의 현실이 어느 때보다 확연히 눈에 들어왔습니다.

가치 등급을 매긴 뒤 재산 분할이 이루어졌습니다. 순간 가없은 노예들을 휩쓸던 섬뜩한 긴장과 처절한 불안은 이루 말할 수 없었지요. 삶의 운명이 결정되는 찰나였습니다. 그 결정에 우리는 짐승만큼이나 목소리를 낼 수 없었습니다. 백인들이 내뱉는 한마디 말로 그만이었습니다. 우리가 아무리 원하고 기도하고 간청하더라도, 백인의 말 한마디로 가장 친한 친구, 사랑하는 친지, 인간으로서 소중한 유대관계도 영원히 끊

어질 수 있었지요. 헤어져야 한다는 아픔 외에도 앤드류 주인
손에 떨어질지 모른다는 숨막히는 공포가 가로놓였습니다. 다
들 앤드류가 잔혹한 망나니란 걸 알았지요. 그는 방만하고 부
실한 관리와 방탕한 낭비로 이미 아버지 재산 상당 부분을 탕
진해 버린, 흔한 술주정뱅이였습니다. 우리는 그의 손에 들어
가느니 당장 조지아 무역상에게 팔리는 편이 낫다고 생각했습
니다. 그러나 앤드류 주인의 손에 떨어지는 사태를 피할 방도
가 따로 없다는 걸 모두 알고 있었지요. 몸이 굳어버릴 만큼 공
포스러운 상황이었습니다.

내가 느끼는 불안은 동료 노예보다 한층 더했습니다. 친절한
대우를 받는다는 게 뭔지 알고 있었으니까요. 다른 동료 노예
들은 대부분 친절을 한번도 겪어보지 못한 터였습니다. 그들은
바깥 세상을 거의, 아니 아예 본 적이 없었지요. 언제나 슬픔에
놓이고, 비통에 익숙했습니다. 등허리는 피비린내 나는 채찍에
무뎌져 있었습니다. 하지만 내 등허리는 아직 부드러웠습니다.
볼티모어에 있는 동안 나는 채찍을 맞아본 적이 별로 없었고,
나보다 더 친절한 주인과 여주인을 모신다고 으스댈 만한 노예
도 흔치 않았습니다. 그런 주인과 있다가 앤드류 손에 넘겨질
것을 생각하니 내 운명에 불안을 느끼는 건 지극히 당연했지

요. 앤드류 주인은 그러니까 불과 며칠 전, 자신이 얼마나 피에 굶주린 성미인지 보여주려고 내 남동생 멱살을 잡고는 땅에 내동댕이쳤습니다. 그것도 모자라 아이의 코와 귀에서 피가 솟구칠 때까지 부츠 굽으로 머리를 짓밟았습니다. 이렇게 내 남동생에게 지독한 분노를 분출한 뒤 내게로 몸을 돌리더니, 조만간 내가 그의 손에 떨어지면 이것이 나를 대우하는 방식이 될 거라고 했습니다.

온유한 신의 섭리 덕분에 나는 루크리샤 소유가 되었고, 즉시 볼티모어로 돌아가 다시 휴 주인 가족과 함께 살게 됐습니다. 내가 떠날 때 슬퍼했던 만큼 그들은 내가 돌아왔을 때도 무척 반겼습니다. 내게는 감사한 날이었습니다. 사자 아가리보다 잔혹한 곳에서 빠져나왔으니까요. 가치 평가와 재산 분할 때문에 볼티모어를 떠나 있었던 게 고작 한 달이었지만, 꼭 반년처럼 느껴졌습니다.

내가 볼티모어로 돌아온 지 얼마 안 돼, 여주인 루크리샤가 죽고 그녀의 남편과 그녀의 자식인 아만다만 남았습니다. 루크리샤가 세상을 떠난 지 얼마 안 되어 앤드류도 죽음을 맞이했습니다. 그러자 옛 주인 앤소니 소유였던, 노예들을 포함한 모든 재산이 낯선 사람들의 손에 들어가게 되었지요. 재산 축적에 일말의 공로도 연관도 없는 사람들이었습니다. 그 과정에서 단 한 명의 노예도 자유인이 되지 못했습니다. 갓난쟁이에서 최고령자까지 모두 노예로 남았습니다. 내가 겪은 중에서 노예제도의 참담함을 처절히 깨닫고 노예주를 말할 수 없이 혐오하게 된 계기가 있다면, 그들이 불쌍한 내 할머니에게 비열할 정도로 배은망덕했다는 점입니다. 할머니는 어렸을 때부터 늙을 때까지 충실하게 옛 주인 옆을 지켰지요. 그녀야말로 옛 주인에게 부의 원천이었습니다. 그녀는 플랜테이션 농장을 노예로 가득 채웠습니다. 또한 노예주 자신에게도 증조할머니가 되어 주었습니다. 그가 갓난아기였을 때 안아 달래 주었고 아이였을 때 보살폈으며 죽을 때까지 보필했습니다. 그가 죽을 때 싸늘한 이마에서 흘러나온 차디찬 죽음의 땀방울을 닦아주었으며 두 눈을 감겨 주었지요. 그럼에도 그녀는 노예, 일평생 노예였고 이제는 낯선 이들의 노예가 되었습니다. 그녀는 자신의 자식, 손주, 증손주들이 낯선 이들의 손에 양떼처럼 나뉘는 것을 보았습니다. 자손들 혹은 그녀 자신의 운명에 대해한마디 할 수 있는 작은 기회조차 누리지 못했지요. 저열한 배은망덕과 악마 같은 잔인함의 정점은 그들이 내 할머니를 처우한 방식입니다. 이제 늙을 대로 늙은 할머니는 주인 앤소니 선장과 그의 세 자녀보다 오래 살았고, 그들의 처음과 끝을 빠짐 없이 본 사람이었습니다. 그러나 새 주인들은 할머니가 그다 지 쓸모가 없다고 생각했습니다. 할머니 몸은 이미 노년의 고 통으로 뒤틀렸고, 한때 팔팔했던 사지는 빠르게 무력해졌습니 다. 그들은 할머니를 숲으로 데려가 진흙 굴뚝을 얹은 작은 오 두막을 지어 준 뒤, 완벽한 고독 속에 사는 혜택을 주었습니다. 사실상 죽도록 방치한 것입니다! 불쌍한 할머니가 지금 살아 계신다면 완전한 고독에 둘러싸여 살고 있겠지요. 자식, 손주, 증손주들을 모조리 잃은 것에 한탄하면서. 노예들의 시인 휘 티어*는 이를 다음과 같이 노래했습니다.

"가고 가고 또 팔려 간
논 습지 축축하고 외로워라
노예 채찍 끝없이 출렁이던
역겨운 벌레들 침 쏘던 곳
악마의 열병 흩뿌리던 곳

* 휘티어(John Greenleaf Whittier, 1807~1892) : 미국의 시인.

떨구는 이슬에 맺히던 독

이글대는 햇빛 쏘아대던

더위와 습기가 떠돌던 그곳

가고 가고 또 팔려간

논 습지 축축하고 외로워라

버지니아 언덕과 강에서 흘러나온

비통함 바로 나, 내 빼앗긴 딸들!"

화덕은 적막합니다. 한때 그녀 앞에서 춤추고 노래하던, 천진난만하던 아이들은 떠났습니다. 노령 탓에 눈이 침침해진 그녀는 마실 물을 찾아 더듬습니다. 아이들 목소리 대신 한낮 비둘기의 신음, 한밤 기괴한 부엉이 소리를 듣습니다. 침울하기만 한 무덤은 문 앞에 있겠지요. 이제 노년의 아픔과 고통이 무겁게 짓눌러 머리는 발을 향해 수그러집니다. 인간 존재의 시작과 끝이 만나 무력한 갓난아기와 고통에 겨운 노인이 하나가 됩니다. 이 순간, 가장 누군가가 절실한 순간, 자식들만 줄 수 있는 다정함과 애정이 쇠약해진 부모에게 더없이 필요한 순간, 열두 명의 엄마이기도 했던 우리 불쌍한 할머니가 덩그러니 혼자 남겨집니다. 저 작은 오두막 어둑한 잉걸불 앞, 할머니는 서고 앉고 비틀거리고 넘어지고 신음하며 죽어 갑니다. 거기 자식도 손주도 없습니다. 주름진 이마, 죽음의 차디찬 땀방울을 닦아줄 누구도, 쓰러진 그녀에게 흙을 얹어 줄 누구도 없습니다. 의로우신 하나님은 이런 일들을 위해서는 이 땅에 내려오지 않으시나요?

루크리샤 여주인이 죽고 나서 약 2년 뒤, 그녀의 남편인 토마스 주인은 두 번째 부인과 결혼했습니다. 로위나 해밀턴이라는 여자였습니다. 그녀는 윌리엄 해밀턴의 장녀였고, 토마스 주인은 이제 세인트 마이클스에서 살게 되었습니다. 재혼한 지 얼마 안 돼, 토마스 주인과 휴 주인 사이에 오해로 인한 갈등이 생겼습니다. 토마스는 동생에게 본때를 보여주겠다며 본보기로 나를 데리고 세인트 마이클스로 떠나버렸습니다. 이때 나는 다시 살을 도려내는 이별을 겪어야만 했습니다. 그나마 재산 분할 때만큼 극심한 공포는 아니었지요. 이 기간에 휴 주인, 그리고 한때 친절하고 상냥했던 부인에게 거대한 변화가 닥쳤기 때문입니다. 휴 주인은 브랜디가, 부인은 노예제도가 재앙 수준으로 둘을 망쳐 버렸습니다. 그들에 대해서라면 이 이주로 인해 내가 잃을 게 거의 없었지요. 내가 헤어지고 싶지 않았던 이들은 주인 부부가 아니었습니다. 강한 유대를 느꼈던 볼티모어 소년들이었지요. 그들로부터 참 많은 걸 배울 수 있었고 그때까지도 배우고 있었습니다. 그들을 떠난다는 것은 정말이지 너무 마음이 아렸습니다. 게다가 다시 돌아오리란 희망도 없었지요. 토마스 주인이 절대 나를 돌려보내지 않을 거라 말했던 것입니다. 토마스는 자신과 동생 휴 사이에 뛰어넘을 수 없는 벽이 생겼다고 믿었습니다.

그제야 나는 도망칠 결심을 실행에 옮기려 시도조차 하지 않은 걸 후회했습니다. 시골보다는 도시에서 탈출하는 게 성공 가능성이 열 배는 많았거든요. 볼티모어를 떠난 나는 에드워드 돗슨 선장이 이끄는 아만다 호를 타고 세인트 마이클스로 갔습니다. 도중에 필라델피아로 가는 증기선들이 어느 방향으로 가는지 눈여겨 보았습니다. 증기선들은 남쪽으로 내려가는 대신 노스포인트에서 북동쪽으로 만(灣)을 따라 올라갔습니다. 이것은 아주 귀한 정보였습니다. 도망칠 결심이 되살아났고 우선 적당한 때가 오기를 기다리기로 했습니다. 때가 오는 순간, 나는 이곳을 뜰 작정이었습니다.

09

농장 노예가 되다

이제야 내 삶에서 날짜를 정확히 댈 수 있는 때가 왔습니다. 1832년 3월, 난 볼티모어를 떠나 세인트 마이클스에서 토마스 얼드 주인과 함께 살게 되었습니다. 로이드 대령의 농장에서 옛 주인 가족이었던 그와 지내던 게 7여 년 전의 일이었습니다. 당연히 우리는 서로에 대해 아는 게 별로 없었습니다. 그는 내게 새 주인이었고, 나 역시 그에게 새 노예였습니다. 나는 그의 성미와 기질을 몰랐고, 그 역시 내 성격을 전혀 몰랐지요. 얼마 지나지 않아 우리는 서로를 똑똑히 알게 되었습니다. 그의 부인에 대해서도 못지않게 잘 알게 되었고요. 둘은 천생연분으로 똑같이 야비하고 잔인했습니다. 약 7년 만에 처음으로 굶주림이 나를 갉아먹는 고통을 느끼게 되었지요. 로이드 대령의 농장을 떠난 뒤로 경험해 보지 못한 고통이었습니다. 풍족함을 떠올릴 수 없던 농장에서도 배고픔은 퍽 괴로웠는데, 항시 맛있고 풍족한 음식이 있던 휴 가족과 살고 나니 굶주림의 고통이 열 배는 더 쓰라렸습니다. 앞서 나는 토마스 주인이 야비한 자라고 말했습니다. 그는 정말로 그랬습니다. 노예에게 충분히 음식을 주지 않는 것은 노예주들 사이에서도 야비함의 극치로 여겨졌습니다. 원칙이라 하면, 아무리 형편없는 음식이라도 넉넉히 주기만 하면 되었습니다. 이것은 보편적 합의이자 내가 있던 메릴랜드 지역에 널리 퍼진 관행이었지요. 물론 예외도 많았지만 말입니다. 토마스 주인은 형편없든 좋든 간에 음식 자체를 충분히 주지 않았습니다. 부엌에는 네 명의 노예가 있었지요. 내 누이인 일라이저, 이모 프리실라, 헨니, 그리고 나였습니다. 우리는 일주일에 옥수수가루 반 부셸도 못 받았고, 고기나 채소는 구경도 못했습니다. 근근이라도 살아가기에 턱없이 부족했지요. 살아남으려면 이웃에게 기댈 수밖에 없는 비참한 신세였습니다. 즉, 구걸하거나 훔치지 않으면 안됐지요. 필요에 따라 구걸하기도 훔치기도 했고, 두 방법을 다 써야 할 때도 있었습니다. 가여운 우리들은 수천 번도 더 굶어 죽을 뻔했으니까요. 안전한 창고와 훈제실에서는 음식들이 가득 차 썩어 가고 신실한 우리 여주인은 그것을 알고 있었습니다. 그럼에도 주인 부부는 매일 아침 무릎 꿇고 하나님께 바구니와 창고에 축복을 내려주십사 기도했습니다!

모든 노예주들이 나쁘다 해도 존경할 만한 부분이 전혀 없는 노예주를 만나기란 쉽지 않습니다. 내 주인 토머스 얼드가 바로 이런 드문 유형의 사람이었지요. 그가 단 한번이라도 고귀한 행동을 한 걸 나는 본 적이 없습니다. 그의 성격에서 두드러진 특징이라면 바로 야비함이었습니다. 그의 본성에 어떤 다른 요소가 있다 해도 한결같이 야비함에 따른 것이었습니다. 그는 야비했습니다. 그리고 다른 많은 야비한 자들이 그렇듯, 자신의 야비함을 숨길 줄도 몰랐습니다. 토마스 얼드 선장이 태어날 때부터 노예주였던 건 아니었습니다. 가난한 사람으로 작은 배의 선장일 뿐이었습니다. 결혼해서야 노예들을 소유하게 된 거지요. 모든 사람 중에 이렇게 나중에 노예주가 된 이들이 최악인 경우가 많습니다. 그는 잔인했으나 겁이 많았고 확신 없이 명령했습니다. 규칙을 적용할 때도, 어떤 때는 엄격하고 어떤 때는 느슨했지요. 때로는 나폴레옹의 기백과 악마같은 분노로 노예를 대했지만 다른 때는 길 잃은 질문자처럼 보였고, 스스로는 아무것도 못했습니다. 당나귀 귀만 불쑥 튀어나오지 않았다면 사자 행세를 할 수도 있었을 테지요.* 그러나

* 이솝우화 중 「사자 가죽을 쓴 당나귀」 우화에서 따온 표현이다. 우화에서 당나

어쩌다 고상한 행동을 하더라도 자신의 야비함만 더 부각시켰습니다. 그의 말, 태도, 행동은 타고난 노예주의 말, 태도, 행동이었지만 단순 모방이었으므로 무척 어색했습니다. 심지어 흉내조차 어설펐지요. 남을 속이는 기질은 모조리 꿰고 있었건만, 속일 만한 능력은 없었습니다. 스스로 내면에 주인이 될 만한 역량이 없었으므로 이러저러한 노예주들을 따라할 수밖에 없었고, 그 바람에 그는 완전히 줏대 없는 자가 되었습니다. 결국에 경멸의 대상이 되어, 노예들마저도 그를 경멸의 시선으로 보았지요. 노예를 소유하는 사치가 그에게는 생소하면서도 미처 준비되지 못한 일이었습니다. 그는 노예를 소유할 능력이 없는 노예주였습니다. 힘, 공포, 속임수로도 노예를 다룰 수 없다는 걸 그는 깨달았지요.

우리는 그를 "주인님"이라고 부르는 일이 별로 없었습니다. 평소에 "얼드 선장"이라 불렀으며, 아예 호칭을 쓰지 않으려 했습니다. 이에 그는 곤욕스러워하며 결국 조바심을 쳤습니다.

귀가 사자의 가죽을 쓰고 사자인 양 다른 동물들을 속였지만, 귀가 빠져나와 있어서 정체가 탄로 나고 만다.

우리가 존경을 표하지 않자, 굉장히 당혹스러워했지요. 주인님으로 불리고 싶었으나, 그는 그러라 명령할 만한 역량이 없었습니다. 그의 부인이 그를 주인님이라 부르라 난리쳤지만 죄다 헛일이었습니다.

1832년 8월, 내 주인은 탤봇카운티의 베이사이드에서 열린 감리교 캠프 모임에 참석했고 거기서 종교를 체험했습니다. 개종을 하면 그가 노예를 해방시킬지도 모른다는 실낱같은 희망을 걸었습니다. 그 정도까지는 아니더라도 조금이나마 전보다 상냥하고 인간적이 되길 바랐지요. 그러나 둘 다 얼토당토하지 않은 일이었습니다. 그는 인간적이 되지도, 노예를 해방시키지도 않았습니다. 개종이 그에게 영향을 미친 게 있다면, 대체로 더욱 잔인하고 혐오스러운 사람이 되었다는 것뿐입니다. 그는 개종 전보다 개종 후에 훨씬 고약한 사람이 되었습니다. 개종 전에는 잔인하고 야만적인 면모가 자신의 못돼먹은 기질 탓이었다면, 개종 후에는 종교적 허락과 지지를 통해 자신의 잔인함을 정당화했습니다.

그는 스스로 대단히 독실하다 자처했습니다. 그의 집은 기도의 집이었지요. 그는 아침, 점심, 저녁 기도했습니다. 곧 신도들 사이에서도 도드라져서 금세 구역장이 되고 권사가 되었습

니다. 부흥회에서 그의 활약은 실로 대단했고 교회의 도구로
서 많은 사람을 개종시키기도 했습니다. 그의 집은 설교자들
의 집이었습니다. 설교자들은 그의 집에 오는 것을 큰 기쁨으
로 여겼지요. 우리가 굶주리는 동안 설교자들은 배불리 먹었
습니다. 우리는 한 번에 서너 명씩 설교자들을 맞았습니다. 내
가 거기 살았을 때 자주 오던 사람으로는 스토크스 씨, 이워리
씨, 험프리 씨, 히키 씨가 있습니다. 조지 쿡먼*도 본 적이 있지
요. 우리 노예들은 쿡먼을 사랑했습니다. 그가 좋은 사람이라
고 믿었습니다. 부유한 노예주 새뮤엘 해리슨 씨가 자신의 노
예를 해방시킬 때, 쿡먼이 기여했다고 생각했으니까요. 그리
고 그가 어떤 방식으로든 모든 노예들을 해방시키기 위해 노력
한다는 인상을 받았습니다. 그가 우리 집에 머물 때, 우리는 반
드시 기도에 참여하도록 불려 갔습니다. 다른 이들이 왔을 때
는 불려 갈 때도 안 불려 갈 때도 있었지요. 쿡먼은 다른 목사
들보다 우리에게 신경을 많이 썼습니다. 우리와 있을 때면 우

---

* 조지 그림스턴 쿡먼(George Grimston Cookman, 1800~1841) : 감리교 성직자
  로 원로원 목사를 역임했다. 1829년 메릴랜드주 탤봇카운티에 있는 순회구로
  파견되어, 그곳에서 흑인에게 기독교를 전파하려 노력했다.

리에게 동정심을 내비쳤습니다. 우리가 아무리 어리석다 한들 그것을 알아볼 수 있는 혜안은 있었습니다.

세인트 마이클스에서 토마스 주인과 함께 살고 있을 때, 윌슨 씨라는 백인 청년이 있었습니다. 그는 신약 성서를 읽고 싶어 하는 노예들을 가르치기 위해 안식일 학교를 열겠다고 제안했지요. 우리가 고작 세 번째 모임을 했을 때, 구역장이던 웨스트 씨와 페어뱅크스 씨가 무리 지어 몽둥이와 무기를 들고 몰려와 우리를 내쫓고 모임을 금지했습니다. 세인트 마이클스란 경건한 마을에서 우리의 작은 안식일 학교는 이렇게 막을 내렸지요.

앞서 나는 주인이 자신의 잔인성에 대해 종교에서 명분을 찾았다고 말한 적이 있습니다. 이를 증명할 많은 일화 중 하나를 밝혀두고자 합니다. 그가 발을 저는 젊은 여자를 묶어 놓고 그녀의 맨어깨를 소가죽 채찍으로 내리친 적이 있습니다. 어깨에서 뜨거운 붉은 피가 뚝뚝 떨어졌습니다. 피비린내 나는 짓을 정당화하면서 그는 성서 구절을 인용하곤 했습니다. "주인의 뜻을 알고도 준비하지 아니하고 그 뜻대로 행하지 아니한

종은 많이 맞을 것이요."*

주인은 이 상처투성이 소녀를 한 번에 네다섯 시간씩 처참하게 묶어 두곤 했습니다. 아침 일찍 그녀를 묶고 아침 식사 전에 때린 뒤 그대로 방치한 채 가게로 나갔지요. 그러고는 저녁때 돌아와 잔인한 채찍으로 막 터진 상처 부위를 다시금 베어 내며 채찍질을 해댔습니다. 주인이 "헨니"에게 그토록 잔인했던 이유의 비밀은 그녀가 할 수 있는 일이 전무하다시피 했기 때문입니다. 어린 시절 그녀는 불 속에 떨어져 심한 화상을 입었습니다. 두 손이 쓸 수 없을 정도로 타 뭉개졌지요. 그러니 무거운 짐을 나르는 것 외에 할 수 있는 일이 없었습니다. 주인에게 그녀는 비싼 청구서에 불과했습니다. 그는 야비한 자였으므로 헨니를 볼 때마다 끊임없는 혐오를 드러냈습니다. 불쌍한 소녀를 제거하고 싶어 하는 듯했지요. 한번은 자신의 여동생에게 헨니를 보낸 적도 있었습니다. 이 불쌍한 선물을 그의 여동생은 받고 싶어하지 않았지요. 결국 '자애로운' 주인인 자신의 말을 빌리면 "스스로를 돌보도록 그녀를 내보냈습니다."

---

* 누가복음 12:47.

여기 최근 개종한 사람이 성모 마리아를 붙들면서도 성모 마리아의 불쌍한 자녀는 굶어 죽도록 내쫓아 버렸습니다! 토마스 주인은 노예들을 돌본다는 대단히 자비로운 마음으로 노예를 소유하는, 많은 '경건한' 노예주들 중 하나였습니다.

주인과 나는 사사건건 부딪쳤습니다. 내가 자신의 목적에 부적합하다는 걸 알게 된 것이죠. 그는 내가 도시생활에서 몹쓸 물이 들었다고 말했습니다. 도시 물을 먹어서 장점은 갉아먹고 나쁜 짓만 골라한다면서요. 내가 저지른 잘못 중 하나는 말(馬)을 풀어서 세인트 마이클스에서 5마일 정도 떨어진 그의 장인어른 농장으로 도망가게 한 것이었죠. 나는 말을 찾으러 그곳에 가야 했습니다. 이런 나의 부주의, 아니 세심함의 이유는 거기 가면 언제고 먹을거리를 얻어먹을 수 있기 때문이었습니다. 주인의 장인인 윌리엄 해밀턴 주인은 노예들에게 먹을 걸 넉넉히 주었습니다. 그곳에 가기만 하면 음식을 얻어 먹을 수 있었지요. 아무리 다급히 돌아와야 하더라도 그랬습니다.

토마스 주인은 더는 두고 볼 수 없다며 일장 연설을 했습니다. 아홉 달 동안 그는 나를 채찍으로 수도 없이 때렸지만 전혀 소용이 없었습니다. 그는 내 '기를 꺾어 놓을' 작정이라고 말했습니다. 이윽고 그럴 목적으로 나를 1년간 에드워드 코비라는 사람한테 보냈습니다. 코비 씨는 가난한 사람으로 농장을 빌려 경영했습니다. 그는 땅도 빌렸고, 빌린 땅을 경작해 줄 일손도 빌렸습니다. 코비 씨는 젊은 노예들 '기를 꺾어' 고분고분하게 길들이는 걸로 명성이 자자했습니다. 이 명성은 그에게 상당한 가치가 있었습니다. 이런 명성 없이는 불가능했을 만큼 적은 돈으로 농장을 경작할 수 있었지요. 노예주들은 코비 씨에게 자신의 노예를 1년 맡기는 게 큰 손해가 아니라고 보았습니다. 코비 씨 밑에만 가면 돈이나 힘을 안 들여도 노예들이 주인에게 순종하는 법을 배웠으니까요. 이 명성 덕분에 그는 손쉽게 젊은 노예를 고용할 수 있었지요. 코비 씨는 타고난 좋은 자질을 지녔을 뿐 아니라, 종교를 신봉하는 경건한 사람이었으며, 감리교회의 일원이자 구역장이었습니다. 이 모든 것이 "깜둥이 조련사"로서의 명성에 무게를 실어주었습니다. 나는 이 사실을 모조리 알고 있었습니다. 코비 씨 집에 살았던 청년한테 익히 들었기 때문입니다. 그럼에도 나는 기꺼이 변화를 받아들였습니다. 먹거리를 충분히 먹으리란 확신 덕분이었죠. 허기진 사람에게는 달리 고민할 여지가 없으니까요.

10

자유를 향한 몸부림

1833년 1월 1일, 토마스 주인 집을 떠나 코비 씨와 함께 살게 되었습니다. 난생 처음 나는 들판 일꾼이 되었습니다. 들판에서의 내 모습은 대도시에 올라온 촌뜨기 소년보다 더 생뚱맞았지요. 코비 씨가 내 등을 모질게 매질한 것은 이곳에 온 지 겨우 일주일이 지났을 때였습니다. 피가 흐르고 새끼손가락만 하게 살이 팰 정도였습니다.

1월 몹시 추운 날, 코비 씨가 이른 아침 내게 숲에서 나무 한 짐을 가져오라 했습니다. 소 한쌍을 내주며, 한 마리는 길든 소고, 다른 한 마리는 길이 안 든 소라고 말했지요. 그러고는 멍에의 긴 밧줄로 길든 소의 뿔을 감아 쥐고 밧줄을 건네며, 소들이 달리면 밧줄을 꽉 붙들라는 것이었습니다. 소를 몰아 본 적 없던, 나는 서툴 수밖에 없었습니다.

다행히 별 어려움 없이 숲 입구에 도착했습니다. 하지만, 땔나무를 얼마 싣지도 못했을 때였습니다. 별안간 황소들이 겁을 집어 먹더니 무서운 속도로 달리기 시작했습니다. 수레가 나무와 그루터기에 부딪히며 우왕좌왕 정신없이 흔들렸습니다. 나무에 부딪칠 때마다 내 머리가 박살 나는 줄 알았지요. 한참 상당한 거리를 내달린 뒤에야, 마침내 나무에 부딪혀 수레가 뒤집혔고, 소들은 빽빽한 덤불 속에 처박혔습니다. 그 상황에서 내가 어떻게 죽음을 모면했는지 모르겠습니다.

생경하고 울창한 숲속에 나는 혼자였습니다. 부서진 수레는 뒤집혔고, 소들은 어린 나무들 사이에 뒤엉켜 있었지요. 도와줄 사람은 아무도 없었습니다. 한참 실랑이한 끝에 가까스로 수레를 똑바로 일으켜 세웠습니다. 소들을 풀었다가 다시 멍에를 씌웠고요. 그러고는 소를 몰아 아까 있던 곳, 그러니까 전날 나무를 베어 둔 곳으로 갔습니다. 소를 이런 식으로 길들이는구나, 생각하며 수레에 땔감을 제법 무겁게 실었습니다. 그제야 집을 향해 갈 수 있었는데, 이미 반나절은 지나 있었지요. 숲을 무사히 빠져나와서야 위험에서 벗어났단 안도가 들었습니다. 숲 쪽으로 난 문을 열려고 소들을 세웠을 때였습니다. 소뿔에 묶인 멍에 밧줄을 단단히 잡기도 전에, 소들이 다시 날뛰며 문으로 달려드는 것이었습니다. 그 바람에 문이 바퀴와 수레 몸통 사이에 끼어 바스러지고 말았습니다. 나는 불과 몇 인치 차로 문기둥에 부딪치는 사고를 면했습니다. 짧은 하루 동안 두 번이나 순전히 운으로 죽음을 피한 것입니다.

돌아온 나는 코비 씨에게 일어난 일을 고했습니다. 그는 당장 수레를 끌고 다시 숲으로 돌아가라 명령했습니다. 숲으로 향하자 그가 내 뒤를 바투 쫓아왔지요. 막 숲에 들어섰을 때였습니다. 그는 수레를 멈추라 지시하더니, 시간을 허비하고 문을 박살 내는 못된 버릇을 고쳐주겠다고 했습니다. 그리고 고무나무 큰 가지 세 개를 도끼로 베고는 주머니칼로 가지런히 다듬은 뒤, 내게 옷을 벗으라 지시했습니다. 나는 묵묵히 옷을 입은 채로 서 있었습니다. 그가 명령을 반복했습니다. 나는 여전히 대답도 않고 옷도 벗지 않았습니다. 그러자 그는 호랑이 같이 덤벼들더니 내 옷을 찢어발기고 회초리가 남아나지 않을 때까지 내려쳤습니다. 한참 뒤에도 자국이 선명할 정도로 회초리가 잔인하게 살을 파고들었습니다. 이것은 앞으로 엇비슷한 이유로 계속될 무수한 매질의 서막이었습니다.

나는 코비 씨와 1년을 살았습니다. 전반 여섯 달 동안 매질 없이 한 주가 지나간 날이 손에 꼽을 정도였습니다. 내 등은 하루가 멀다하고 상처투성이였지요. 내가 일에 서툰 것은 언제고 맞을 만한 구실이 되었습니다. 우리 노예들은 지쳐 쓰러질 때까지 일을 해야 했습니다. 동트기 한참 전에 일어나 말을 먹이고, 날이 밝아오면 괭이를 지고 들판으로 나가 땅을 일궜습니다. 코비 씨는 우리에게 먹을 것은 넉넉히 주었지만, 먹을 시간은 좀처럼 주지 않았습니다. 음식을 받자마자 5분 만에 깨끗이 먹어 치워야 했지요. 동틀 무렵부터 마지막 황혼이 사라질 때까지 우리는 들판에서 일했습니다. 사료를 쟁여두는 시기에는 한밤중까지 들판에서 낟알을 그러모아 묶었습니다.

코비 씨는 우리와 함께 들판으로 나오곤 했습니다. 그가 하루를 보내는 방식은 이러했지요. 오후 내내 침대에서 뒹굴다가 저녁 때가 되면 말쑥한 모습으로 나타나 말이나 행동, 혹은 주로 채찍으로 우리를 몰아댔습니다. 코비 씨는 제 손으로 일할 줄 아는 몇 안 되는 노예주 중 하나였습니다. 그는 제법 일머리가 있는 사람으로, 어른이나 소년이 할 수 있는 일을 정확히 간파하고 있어서 그를 속이기란 쉽지 않았지요. 작업은 그가 있으나 없으나 큰 차이 없이 잘 진척되었는데, 교묘하게도 그는 언제나 우리 옆에 있는 것 같은 느낌을 주었습니다. 우리를 흠칫 놀라게 하는 게 그 묘책이었지요. 우리가 일하는 곳에 은밀히 다가올 수 있다면, 그는 결코 버젓이 나타나지 않았습니다. 매번 우리를 깜짝 놀라게 하려 했지요. 이런 교활한 술수 때문에 우리끼리는 그를 "뱀"이라 불렀습니다. 우리가 옥수수

밭에서 일하고 있을 때, 코비는 자세를 낮춰 살금살금 기어오곤 했습니다. 그러고는 한가운데쯤에서 불쑥 상체를 일으키고 고함질렀습니다. "하, 하! 이리 와, 이리! 뛰어와, 뛰어오라고!" 이런 게 그가 우리의 허를 찌르는 방식이어서, 단 일분도 마음 놓고 쉴 수가 없었지요. 코비는 한밤의 도둑처럼 다가왔고 늘 바로 옆에 있는 듯 모습을 드러냈습니다. 그는 플랜테이션 농장 모든 나무 아래 있었고, 모든 그루터기 뒤에, 모든 풀숲에, 모든 창가에 있었습니다. 때로 그는 7마일 떨어진 세인트 마이클스에 가는 척 말을 탔습니다. 하지만 반 시간 뒤, 울타리 구석에 웅크려 노예들의 행동을 감시하는 그를 볼 수 있었습니다. 주변에 있는 것처럼 보이려 숲속에 말을 매어 두기도 했지요. 어떤 때는 긴 여행을 떠날 것처럼 우리에게 이런저런 명령을 하고, 여행 채비를 하러 집으로 돌아가는 척했습니다. 그러나 가는 길 반도 채 안 되어 갑작스레 방향을 틀더니, 울타리 모퉁이로 기어들거나 나무 뒤에 숨어, 해질 때까지 우리를 지켜보곤 했습니다.

코비 씨의 **주특기**는 속임수였습니다. 참으로 고약한 속임수를 획책하고 저지르는 데 이골이 나 있었습니다. 배운 것이나 종교적인 것 어느 것이든 속이는 기질과 한 치의 어긋남이 없었지요. 전능하신 신까지 속일 수 있다고 믿는 것 같았습니다. 그는 아침에 짧은 기도를, 밤에 긴 기도를 드렸습니다. 이상하게 들릴지 모르지만 어떤 때 그는 누구보다도 경건한 사람으로 보일 지경이었습니다. 가족예배는 으레 찬양으로 시작했는데, 그는 음치여서 찬송을 선창하는 일은 보통 내 몫이 되곤 했습니다. 그가 찬송가 가사를 읽고 시작하라는 뜻으로 고개를 끄덕이면, 나는 따르기도 했지만 어떤 때는 꿈쩍도 하지 않았지요. 내가 선창하지 않으면 아수라장이 되었습니다. 그는 자신이 내게 의존하지 않는다는 걸 보여주려고 화음에 전혀 맞지 않는 음으로 어정어정 찬송가를 불렀지요. 이럴 때 그는 여느 때보다 열렬히 기도했습니다. 가엾은 사람! 그는 기질이 그러하였고 속임수의 달인이었으므로, 확신하건대 때로 자신이 전지전능하신 하나님의 신실한 숭배자라 스스로를 속였을 것입니다.

여자 노예에게 간통을 강요했다는 얘기가 돌았을 때도 그랬겠지요. 코비 씨는 가난했습니다. 막 농장을 시작했고 간신히 노예 하나를 사들일 정도에 불과했습니다. 실제로 그는 여자 노예를 샀는데, 충격적이게도 그의 말을 빌리면 "**번식용**"이라 했습니다. 캐롤라인이란 여자로, 세인트 마이클스에서 6마일 정도 거리에 사는 토마스 로웨 씨한테 산 노예였습니다. 건장하고 몸이 튼실한 스무 살쯤 되는 여자로, 캐롤라인은 이미 아이 하나를 낳은 적이 있었습니다. 코비가 원하는 걸 해결해 줄 수 있는 여자였지요. 그녀를 산 뒤, 그는 새뮤엘 해리슨 소유의 유부남 노예를 1년간 고용했습니다. 그리고 거의 매일 밤 캐롤라인과 가둬 두었습니다! 그 해 연말 이 불쌍한 여자는 쌍둥이를 낳았습니다. 이 결과에 대해 코비 씨는 그 남자와 가련한 여자로 인해 뛸 듯이 기뻤던 것 같습니다. 코비 씨 부부는 어찌나 기분이 좋았던지 이 기간 캐롤라인에게 무엇을 해주어도 아깝지 않을 정도였습니다. 캐롤라인의 아이들로 재산이 불었다고 여긴 것입니다.

내 인생에서 노예제도의 너무도 쓰라린 잔을 마시게 한 시기가 있다면, 코비 씨 집에 머물던 첫 6개월이었습니다. 날씨와 무관하게 우리는 항시 일해야 했습니다. 아무리 더운 날도 아무리 추운 날도, 비가 오든 바람이 불든, 눈이 오든 해일이 불든 들판에서 일해야 했습니다. 일, 일, 일. 밤이나 낮이나 별반 다르지 않았습니다. 아무리 긴 낮도 코비에겐 짧기만 했고, 아무리 짧은 밤도 그에게는 지독히 길었습니다. 처음에 나는 다소 다루기 힘든 노예였습니다. 하지만 몇 달간의 조련이 나를 길들였습

볼티모어 펠스포인트 바닥에 적힌 더글러스 이름

니다. 코비 씨는 내 기를 꺾는 데 성공했습니다. 나는 몸도, 영혼도, 정신력도 꺾이고 말았지요. 타고난 유연성은 으스러졌고, 지성도 시들해졌습니다. 글을 읽고자 했던 마음도 어디론가 사라졌습니다. 눈에 항상 어리던 쾌활한 빛도 꺼져 버렸습니다. 노예제도의 칠흑 같은 밤이 나를 가두었고, 한때 사람이었던 나는 짐승이 되어 있었습니다!

일요일은 유일하게 쉬는 날이었습니다. 이날 나는 아름드리 나무 밑에서 비몽사몽 상태로 짐승처럼 있었지요. 간혹 몸을 일으키면, 한순간 활기찬 자유의 섬광이 내 영혼을 훑었고, 우련한 희망과 함께 잠시 깜박이고는 사라져 버렸습니다. 나는 다시 침잠했고, 내 참담한 처지에 신음했습니다. 때로 코비를 죽이고 나도 죽어 버릴까 하는 충동이 일었지만, 희망 섞인 두려움이 나를 막아섰습니다. 지금은 코비의 농장에서 겪었던 고생이 엄연한 현실이라기보다 한낱 꿈처럼 느껴집니다.

우리 집은 체서피크만에서 얼마 떨어져 있지 않았는데, 만 한가운데는 세계 각지에서 온 배의 돛으로 희게 빛났습니다. 흰색으로 꾸며진 저 아름다운 배들은 자유인의 눈에 기쁨을 주겠지만, 내게는 수의(壽衣) 입은 수많은 혼령처럼 무참한 현실을 떠올리게 하는 공포와 통렬을 안겨 주었습니다. 무척이나

고요한 여름 안식일이 되면, 웅장한 만에 우뚝 솟은 방파제 위에 나 홀로 서 있었습니다. 거기서 셀 수 없이 많은 범선이 광활한 바다를 향해 떠나고 있었습니다. 그 모습을 서글픈 마음과 눈물 맺힌 눈으로 쫓았습니다. 이 광경은 언제나 나를 압도했습니다. 속엣말이 입 밖으로 터져 나올 수밖에 없었지요. 신 외에 들어 줄 사람도 없는 그곳에서 나만의 소박한 방식으로 속에 묻어 둔 불만을 퍼붓곤 했습니다. 떠나는 수많은 배들을 향해 외쳤지요.

"너희는 선박 밧줄로부터 해방돼 자유롭지만, 나는 사슬에 묶인 노예로구나! 너희는 부드러운 바람 맞으며 쾌활하게 나아가지만, 나는 피 묻은 채찍 맞아 서글프구나! 너희는 세계를 누비는 자유의 날개 지닌 천사들이지만, 나는 쇠사슬에 얽매여 있구나! 오, 내가 자유롭다면! 오, 내가 너희 근사한 갑판 위에 날개의 호위를 받으며 서 있었더라면! 슬프다! 너희와 나 사이 탁한 물줄기가 출렁거린다. 가거라, 가거라, 오, 나도 갈 수 있다면! 헤엄칠 줄만 안다면! 날 수 있다면! 오, 나는 왜 짐승일 뿐인 사람으로 태어난 걸까. 늠름한 배가 떠나가며 저 멀리 희미하게 숨어 버리는구나. 끝없는 노예생활의 팔팔 끓는 지옥 한가운데 나를 남겨 두고서. 오, 신이여, 저를 구하소서! 신이

여, 저를 데려가 주소서! 절 자유롭게 하소서! 신은 계신 겁니까? 왜 저는 노예입니까? 저는 도망칠 겁니다. 참지 않을 겁니다. 잡히든 성공하든 해 볼 겁니다. 열병으로 죽으나 학질로 죽으나 마찬가지. 잃을 건 단 하나, 내 목숨뿐. 견디다 죽으나 도망치다 죽으나 매한가지. 이 생각만 하자. 북쪽으로 100마일만 가면 난 자유다! 해 볼까? 그래! 신이 도와준다면 나는 할 테야. 노예로 살다 이대로 죽을 순 없어. 물길을 따라갈 거야. 바로 이 만(灣)이 나를 자유로 데려다 줄 거야. 노스포인트에서 북동쪽으로 증기선들이 나아가니까 나도 그 길로 가야지. 체서피크 만 끄트머리에 도착하면 카누를 뒤집어 물에 둥둥 띄우고 곧장 델라웨어를 통해 펜실베니아로 걸어가야지. 펜실베니아에 닿기만 하면 통행증 따윈 필요없어. 어떤 훼방꾼도 마주치지 않고 돌아다닐 수 있지. 그저 첫 기회만 와라. 그러면 결과가 어찌 되든 난 이 자리에 없을 테니까. 그때까진 멍에에 묶인 채로 견뎌 봐야지. 이 세상에 나 혼자만 노예인 것도 아닌데 조바심낼 필요가 어디 있어? 다른 노예들처럼 참을 수 있어. 거기다 난 어린 소년이잖아. 소년이라면 누구나 뭔가에 매여있기 마련이야. 노예로서 겪는 고생은 단지 내가 자유로워질 때 행복을 더하게 할 뿐이야. 앞으로 더 나은 날들이 기다리고 있어."

나는 그렇게 생각하곤 했습니다. 미칠 만큼 괴로워하며, 또 이 처절한 삶에 가까스로 나를 욱여넣으며 그렇게 스스로를 다독이곤 했습니다.

코비 씨 집에 머문 첫 6개월간이 나중 6개월보다 훨씬 끔찍했다고 이미 말한 바 있습니다. 코비 씨가 나를 대하는 방식이 바뀌게 된 사건은 보잘것없는 내 인생에서 큰 의미를 지닙니다. 이제까지 한 사람이 어떻게 노예로 추락하는지 보았다면, 이제 노예가 어떻게 사람이 되어 가는지 보게 될 것입니다.

1833년 8월 지독히 무덥던 어느 날. 빌 스미스, 윌리엄 휴즈, 엘리라는 노예, 그리고 나, 이렇게 넷은 풍구로 날려 밀을 까부르는 일을 했습니다. 휴즈는 풍구바람에 선별된 밀을 쓸어 담고 있었고, 엘리는 풍구를 돌리고 있었으며, 스미스는 풍구에 밀을 던져넣고 있었지요. 나는 밀을 풍구 쪽으로 나르고 있었습니다. 작업은 단순했습니다. 지성보다 힘을 쓰는 일이었지요. 하지만 그런 일에 완전히 생소한 사람에게는 퍽 고달픈 일이었습니다.

그날 오후 3시경 나는 푹 거꾸러졌습니다. 완전히 기진맥진해진 것이죠. 머리가 깨질 것 같은 통증과 함께 핑 도는 어지럼증을 느꼈습니다. 사지 관절이 후들거렸습니다. 무슨 일이 벌어질지 감이 온 나는 작업에 차질이 생기지 않도록 온 신경을 그러모았습니다. 비틀거리면서도 호퍼(V자형 용기) 쪽으로 곡물을 옮길 수 있도록 최대한 버티고 있었지요. 더는 버틸 수 없게 된 나는 결국 쓰러졌습니다. 묵직한 무게에 눌린 느낌이었지요. 밀 선별 작업이 중단되었습니다. 작업을 계속하려 해도, 누구도 다른 이의 일을 도우며 제 일을 할 수는 없었습니다.

마침 코비는 집에 있었습니다. 우리가 밀 고르는 마당에서 백 야드(약 90미터) 정도 떨어진 곳이었지요. 풍구 소리가 멈춘 걸 감지하자마자, 그는 즉각 집을 나와 우리가 있는 곳으로 왔습니다. 그러고는 재빨리 뭐가 문제인지 캐물었습니다. 빌은 내가 아파서 풍구로 밀을 가져올 사람이 없다고 답했습니다. 이때 나는 열사병으로부터 안정을 취하려고 강렬한 햇살을 피해 마당을 둘러싼 울타리와 기둥 밑 그늘로 기어들어가 있었습니다. 코비는 내가 어디 있는지 물었습니다. 일꾼 하나가 내 쪽을 가리켰지요. 코비는 다가와 나를 훑어보더니, 뭐가 문제냐 물었습니다. 나는 말할 여력조차 없었지만, 온 힘을 끌어모아 사정을 말했습니다. 그러자 그가 가멸차게 내 옆구리를 발로 걷어차며 일어나라 명령했습니다. 나는 일어나려 애쓰다가 다시 고꾸라졌습니다. 그는 재차 발로 걷어차며 일어나라고 했습니다. 나는 죽을 힘을 다해 두 다리로 섰습니다. 풍구에 밀을 넣을 때 쓰는 통을 잡으려 몸을 숙이다 또다시 비틀거리며 쓰러졌고요. 이렇게 돼 버리자, 코비 씨는 휴즈가 밀 반 부셸가량을 칠 때 쓰던 히코리 몽둥이를 집더니, 내 머리를 정통으로 때렸습니다. 상처에서 제멋대로 피가 흘러내렸습니다. 그가 다시 일어나라고 말했습니다. 나는 그 말에 따르려는 시늉조차 하지 않았습니다. 이제 될 대로 되라, 하는 마음이었지요. 맞고 나니, 적어도 머리 통증은 한결 나아졌습니다. 코비 씨는 나를 그대로 내버려 두었습니다.

이때 처음으로 내 주인인 토마스 얼드에게 항변하며 보호해 달라고 해야겠다는 결심이 섰습니다. 그러려면 그날 오후 7마일(11.27km)을 걸어야 했습니다. 그때의 내 몸으로는 무모하기 짝이 없었지요. 심각한 통증, 방금 당한 발길질과 몽둥이질에 기력이 다했으니까요. 하지만 기회를 노려, 코비가 반대쪽을 보고 있을 때 세인트 마이클스를 향해 출발했습니다. 코비가 알아차렸을 때 나는 이미 숲을 질러 꽤 멀리까지 와 있었습니다. 코비는 내게 돌아오라고, 그러지 않으면 가만 안 두겠다고 윽박질렀습니다. 나는 그 말을 깡그리 무시하고 맥없는 몸이 허락하는 한 최대한 빨리 숲으로 도망쳤습니다. 도로를 따라가면 잡힐지도 몰라 숲속으로 들어간 거지요. 잡히지 않도록 도로에서 멀리 떨어지되, 방향을 잃지 않을 만큼 도로와 근거리를 유지했습니다. 하지만 얼마 못 가 기운이 바닥나 버렸습니다. 더 이상 꼼짝할 수가 없었지요. 쓰러진 나는 한참 누워 있었고 머리 상처에서 아직도 피가 흐르고 있었습니다. 문득 출혈로 죽을 수도 있겠다는 생각이 들었습니다. 흘러나온 피가 머리칼에 엉겨 붙어 상처를 막지 않았다면 아마 그랬을 것입니다. 거기 45분 정도 누워 있던 나는 정신을 그러모아 다시 출발했습니다. 맨발과 맨머리로 늪지와 찔레 덤불을 헤치며 나아갔지요. 발 디딜 때마다 발바닥이 찢어졌습니다.

7마일 정도 가서, 그러니까 5시간쯤 지난 뒤에야 주인의 가게에 도착했습니다. 그때 나는 강철 심장을 갖지 않은 이상 누구라도 펄쩍 뛸 만한 충격적인 몰골로 나타났습니다. 머리부터 발끝까지 피범벅이었습니다. 머리는 먼지와 피가 엉겨 붙었고 셔츠도 스민 피가 굳어져 뻣뻣했습니다. 야수 소굴에서 간신히 빠져나온 사람처럼 보였을 것입니다. 그런 몰골로 토마스 주인 앞에 나타난 나는 주인의 권위로 나를 지켜달라고 공손히 간청했습니다. 할 수 있는 한 빠짐없이 상황을 설명했고, 내 말을 듣는 중간중간 주인은 충격을 받은 것 같았습니다.

토마스는 마룻바닥을 돌아다니며, 네가 그럴 만한 짓을 저질렀겠지, 하고 코비를 정당화하려고 했습니다. 토마스는 내게 어쩌고 싶은지 물었습니다. 나는 다른 곳에서 일하게 해달라고 말했습니다. 코비 씨랑 같이 사는 한, 나는 틀림없이 죽게 될 거라고 말했지요. 코비는 분명 나를 죽일 것이며 그러고도 남는다고요. 토마스 주인은 코비 씨가 나를 죽일 거라는 생각에 코웃음을 치며, 자기가 코비 씨를 잘 안다고 말했습니다. 코비는 좋은 사람이며, 지금 자기가 나를 데려올 수는 없다고 했습니다. 일 년 동안 코비 씨가 나를 고용해 당분간 코비 씨 소유이므로, 무슨 일이 있어도 코비 씨에게 돌아가야 한다는 것이었지요. 게다가 더 이상 이 얘기를 하고 다니면 본인이 직접 **나를 잡겠다**고 했습니다. 이렇게 나를 위협한 뒤 많은 소금을 건네주면서, 그날 밤은 세인트 마이클스에 머물러도 좋다고 했습니다.(이미 꽤 늦은 시각이었습니다.) 그렇지만 다음날 아침 일찍 코비 씨의 집으로 돌아가야 하며, 그러지 않으면 주인이 **나를 잡겠다**고 했습니다. 이것은 채찍을 들겠다는 뜻이었죠.

밤을 보내고 주인의 명령대로 새벽에 코비 네로 출발했습니다. (토요일 아침이었지요.) 몸은 헐벗고 영혼은 으스러져 있었습니다. 전날 밤 저녁을 먹지도, 그날 아침 아침밥을 먹지도 못한 채였지요. 나는 오전 9시쯤 코비 씨 집에 돌아왔습니다. 켐프 부인의 들판과 우리 들판 사이의 울타리를 막 넘자마자 코비가 뛰어나와 소가죽 채찍을 휘둘러댔습니다. 잡히지 않으려고 나는 옥수수밭으로 숨어들었습니다. 키 큰 옥수수밭은 몸을 숨기기에 안성맞춤이었지요. 코비는 씩씩거리며 한동안 나를 찾아 헤맸습니다. 내 모든 행동을 용납하기 어려웠을 것입니다. 이윽고 그는 쫓는 걸 포기했습니다. 허기지면 집에 올 수밖에 없을 테니 더는 신경 쓰고 싶지 않았던 모양입니다.

나는 그날 대부분을 숲에서 보냈습니다. 눈 앞에 두 선택지가 있었습니다. 집으로 가서 맞아 죽든지, 숲에 남아 굶어 죽든지. 그날 밤 숲속에서 샌디 젠킨스라는 노예를 만났는데, 어느 정도 안면이 있는 사람이었습니다. 샌디는 토요일을 맞아 자유인인 흑인 부인을 보러 가던 길이었지요. 거기는 코비 씨 집에서 4마일 정도 떨어져 있었습니다. 그에게 내 처지를 얘기하자 그는 친절하게도 나를 집으로 초대했습니다. 연륜 있는 조언자 샌디를 만난 것입니다. 그와 함께 가며 겪은 일을 죄다 털어놓았고 어떻게 하면 좋을지 조언을 구했습니다. 그는 자못 엄숙하게 말했습니다. 코비에게 돌아가야 한다고. 그렇지만 그 전에 함께 숲 어귀로 가서 무슨 뿌리를 캐야 한다고 했습니다. 그 뿌리를 **항상 내 오른편에** 지니고 다니면 앞으로 코비 씨나 다른 백인들이 내게 채찍을 댈 수 없을 거라면서요. 샌디 자신도 그 뿌리를 수년간 지녀 왔다고 했습니다. 그 뒤로 한 번도 맞은 적이 없으며, 뿌리를 지니고 있는 한, 맞을 일도 없을 거라고 했습니다. 처음에 나는 고개를 내저었습니다. 주머니에 무슨 뿌리를 가지고 다닌다고 그런 효험이 나타날 거 같지 않았고, 그걸 가지고 다니고 싶지도 않았습니다. 샌디는 효험이 없다 해도 해 될 것도 없지 않냐며 한사코 뿌리를 지니고 다니라 설득했습니다. 그의 마음을 상하게 하고 싶지 않아서, 결국 뿌리를 캐서 그의 말대로 오른쪽 주머니에 넣었습니다.

다음날, 일요일 아침이었습니다. 나는 그길로 집을 향해 출발했지요. 마당에 막 들어서는데 코비 씨가 예배에 가려고 집을 나오고 있었습니다. 그는 내게 짐짓 상냥하게 근처 돼지들을 몰라고 말하고는 그대로 지나쳐 교회로 갔습니다. 코비 씨가 그리 행동하자, 샌디가 준 뿌리에 진짜 뭔가가 있는 게 아닌가 싶었지요. 일요일이 아니었다면, 뿌리의 효험 외에 다른 이유를 댈 수 없었을 테니까요. 그래서 처음 생각했던 것 이상으로 뿌리에 뭔가가 있다고 반쯤 믿게 되었습니다.

월요일 아침까지 모든 일이 잘 풀렸습니다. 이날 아침, 이런 현상이 뿌리 덕분인지 아닌지 확실히 시험해 볼 기회가 찾아왔습니다. 해뜨기 훨씬 전에 말을 씻기고 빗질하고 먹이라는 명령을 받았습니다. 나는 순종했고 기꺼이 그렇게 했습니다. 그래서 다락에서 건초를 막 내리고 있는데, 코비 씨가 긴 밧줄을 쥐고 마구간으로 들어왔습니다. 내가 다락에서 반쯤 내려오자, 그는 내 두 다리를 붙잡아 묶으려 했습니다. 그가 뭘 하려는지 눈치 챈 나는 순간적으로 펄쩍 뛰었지요. 그때 그가 내두 다리를 꽉 잡는 바람에 나는 마구간 바닥에 대(大) 자로 뻗었습니다. 코비 씨는 드디어 나를 붙들었고 마음대로 할 수 있다고 생각한 모양이었습니다. 그 순간, 어디서 그런 용기가 났는지 모르지만, 나는 싸우기로 마음먹었습니다. 그래서 맞설 작정으로 코비의 목을 힘껏 쥐며 몸을 일으켰습니다. 그는 내게 목이 붙들려 있었고, 내 두 다리는 그에게 붙들려 있었습니다. 내 저항이 너무도 뜻밖인 나머지 코비가 놀라 움찔할 정도였지요. 그는 이파리처럼 떨었습니다. 이는 내게 자신감을 주었지요. 그가 불안에 떨고 있었고, 내 손끝이 닿은 그의 목에서 피가 흘러내렸습니다. 코비 씨는 곧 휴즈에게 도움을 청했습니다. 마구간에 온 휴즈는, 코비가 나를 붙들고 있는 동안 내 오른손을 묶으려 했지요. 나는 기회를 틈타 휴즈의 갈비뼈 아래

노예의 삶, 인간의 목소리

를 힘껏 발로 찼습니다. 발길질에 나가떨어진 휴즈는 나를 코비 씨 손에 맡겨 버렸습니다. 이 발길질로 휴즈뿐 아니라 코비씨도 겁을 집어먹었습니다. 고통으로 몸을 숙인 휴즈를 보자 코비 씨는 패기를 잃었지요. 그는 내게 계속 저항할 거냐 물었습니다. 무슨 일이 일어난다 해도 난 계속 저항할 거라 말했습니다. 나를 6개월간 짐승처럼 부렸지만, 앞으로 그렇게 당하지만은 않을 작정이라고 했지요. 그러자 그는 나를 붙들고 마구간 문밖에 놓인 막대기 쪽으로 끌고 가려 했습니다. 나를 때려 눕히려 한 것입니다. 하지만 그가 막대기를 잡으려 몸을 숙인 찰나, 나는 두 손으로 그의 멱살을 잡고 잽싸게 바닥에 내동댕이쳤습니다. 그때 빌이 들어왔습니다. 코비는 빌에게 도움을 요청했습니다. 빌은 어떻게 도우란 거냐고 물었습니다. 코비가 말했습니다. "이놈을 잡아, 이놈을 잡으라고!" 빌은 자기 주인이 일하라고 보냈지, 나를 때리는 걸 도우라고 보낸 게 아니라고 말했습니다. 그러고는 코비와 나, 둘만의 전투를 치르도록 마구간을 나가 버렸지요. 우리는 꼬박 두 시간을 그러고 있었습니다. 코비는 마침내 나를 놓으며 거친 숨을 헐떡였습니다. 내가 이렇게 저항하지 않았다면, 원래 맞을 채찍의 반도 안 맞았을 거라면서요. 그러나 실제로는 나를 채찍질하지도 못했습니다. 싸움에서 완전히 밀린 셈이었지요. 그는 내게서 피 한 방울 짜내지 못했지만, 나는 그에게 피를 흘리게 했으니까요. 그 뒤로 코비 씨와 지낸 6개월간, 그는 부아가 치밀어도 내 몸에 손가락 하나 대지 못했습니다. 코비는 이따금 다시는 나를 건드리고 싶지 않다고 말했습니다. '그렇겠지.' 나는 생각했습니다. '그러지 않는 게 나아. 지난번보다 더 험한 꼴을 보게 될 테니까.'

코비 씨와의 전투는 내 노예 인생에 전환점이 되었습니다. 그것은 꺼져 가던 자유의 불씨를 살려내고 내 안에 숨겨진 인간다움을 일깨웠습니다. 사라졌던 자신감을 다시 불러내고 자유를 향한 결의를 다지게 했습니다. 이 승리가 주는 만족감은 내게 충분한 보상이 되었습니다. 이 일로 무슨 일이 벌어지든, 심지어 죽게 된다 해도 상관 없었지요. 노예제도의 피 묻은 팔을 제 주먹으로 때려눕혀 본 사람만이 내가 경험한 깊은 만족감을 이해할 것입니다. 전에는 결코 느껴보지 못한 감정이었지요. 노예제도라는 무덤에서 자유라는 천국으로 가는 영광스런 부활이기도 했습니다. 오랫동안 짓눌렸던 영혼이 깨어났고 비겁함은 모습을 감췄습니다. 대담한 저항정신이 그 빈자리를 채웠지요. 그날 나는 다짐했습니다. 앞으로 내가 아무리 오랜

세월 노예로 살아간다 해도, 실질적으로 노예로 사는 날은 영원히 끝내겠노라고. 이때부터 백인이 나를 채찍질하려면 먼저 나를 죽여야 할 거란 걸 서슴없이 보여주었습니다.

　이후로도 4년간 노예 신분이었지만 이 일이 있은 뒤로 채찍질 당했다고 할 만한 일은 일어나지 않았습니다. 몇 번 몸싸움을 한 적은 있지만 결코 채찍을 맞지는 않았지요. 왜 코비 씨가 즉각 보안관을 불러 나를 채찍질 기둥으로 보내지 않았는가 하는 점은 한동안 의문으로 남았습니다. 채찍질 기둥이란, 정당방위일지언정 흑인이 백인을 때린 죄를 처벌하기 위해 정기적으로 매질하던 곳이었습니다. 의문이 완벽히 해소되진 않지만, 내가 생각할 수 있는 유일한 이유를 대 보자면 이렇습니다. 코비 씨는 최고의 감독관이자 깜둥이 조련사로 명성을 날리고 있었습니다. 이 명성이 그에게는 대단히 중요했지요. 그런 명성을 누리는 자가 열여섯 살짜리 소년을 공개된 장소인 채찍질 기둥으로 보낸다면 명성에 금이 갔을 것입니다. 자신의 명성을 지키려 어쩔 수 없이 내게 벌을 주지 못한 것이죠.

　에드워드 코비 씨 집에서 일했던 실질적인 기간은 1833년 크리스마스로 끝났습니다. 크리스마스부터 새해까지는 연휴였지요. 가축을 먹이고 돌보는 일 외에 달리 일을 하지 않아도 괜찮았습니다. 이때는 주인이 은총을 베푼, 우리만의 시간이었지요. 우리는 휴가 기간을 내키는 대로 보내며 남용했습니다. 가족이 멀리 떨어져 사는 노예는 가족과 함께 6일 연휴 전체를 보낼 수 있었습니다. 그렇지만 노예들은 보통 이 시간을 다양하게 활용했지요. 침착하고 진지하며 계획적이고 부지런한 사람은 스스로 옥수숫대로 빗자루나 매트, 말고삐, 바구니를 만들었습니다. 어떤 이들은 주머니쥐, 토끼, 너구리를 사냥하곤 했고요. 그러나 좀 더 많은 사람이 공놀이와 레슬링, 달리기를 했고 바이올린을 켜거나 춤추거나 위스키를 마시는 등, 운동과 유흥을 즐겼습니다. 주인들은 마지막 부류를 마음에 들어 했습니다. 연휴 동안 일하는 노예는 휴가 받을 자격이 없는 놈, 주인의 호의를 거절하는 노예로 취급했지요. 크리스마스에 취하지 않는 것도 불명예스러운 짓이었습니다. 크리스마스에 마실 위스키를 충분히 마련하지 못했다며, 한심할 정도로 게으른 사람으로 여겨졌지요.

노예들에게 베푸는 휴가의 의미를 보자면, 폭동을 억제하는 효과적인 수단인 듯싶습니다. 만일 노예주들이 휴가 관행을 그만둔다면 노예들이 즉각 폭동을 일으키리란 데 의심의 여지가 없습니다. 이런 휴가는 노예화된 인간들의 저항정신을 없애는 전도체나 안전밸브 역할을 합니다. 휴가가 없다면 노예들은 처절한 절망 상태로 내몰릴 테지요. 이러한 전도체의 작용을 없애거나 방해하려는 노예주가 있다면 큰 재앙이 닥치리니! 나는 경고합니다. 그런 일이 발생하면 노예들 사이에서 지진보다 무서운 저항정신이 모습을 드러내리라고.

연휴는 노예제도의 거대한 속임수, 부당성, 비인간성의 일부이자 모둠입니다. 이것은 겉보기에 노예주의 아량에서 나온 관습이지만, 실질적으론 이기심의 결과이지요. 혹사당하는 노예에게 행해지는 최악의 속임수 중 하나입니다. 주인들이 노예에게 휴가를 주는 것은, 쉼 없이 일을 시키고 싶지 않아서가 아닙니다. 휴가를 안 주면 안전하지 않다는 걸 알기 때문이죠. 노예들로 하여금 시간을 흥청망청 쓰게 해서, 연휴 첫날만큼이나 마지막 날을 손꼽아 기다리게 하는 방식을 봐도 그렇습니다. 그들은 노예들을 저급하고 고약한 방탕에 빠뜨려 자유에 넌더리 나게 하는 게 목적인 것 같습니다. 일례로 노예주들은 노예가 자진해서 술 마시는 걸 보고 싶어 하고, 노예를 취하게 하려고 갖은 계책을 짭니다. 그 중 하나가 누가 끝까지 안 취하고 위스키를 제일 많이 마실 수 있나 내기를 거는 것이죠. 이런 식으로 모두 과음하게 만듭니다. 그래서 노예가 진정한 자유를 요구할 때, 교활한 노예주는 노예의 무지를 이용해, 교묘히 자유란 이름의 라벨을 붙여 사악한 방탕 한 모금을 마시게 합니다. 우리는 대개 그것을 삼키는 데, 결과는 짐작한 대로입니다. 많은 노예가 자유와 노예제도 둘 중 딱히 선택의 여지가 없다고 믿게 됩니다. 지극히 당연하게도 어차피 럼주의 노예인 마당에 사람의 노예여도 괜찮다고 느끼게 되지요. 그래서 연휴가 끝나면 우리는 우리가 뒹굴던 쓰레기 더미에서 비틀거리며 기어나와 안도의 한숨을 쉬며 들판으로 나갑니다. 주인의 속임수로 자유라고 믿게된 것보다 차라리 노예제도의 품으로 돌아가는 게 낫다고 느끼면서 말입니다.

나는 이런 처우가 간악하고 비인간적 노예제도 시스템의 일부라고 말해 왔습니다. 정말 그렇습니다. 노예가 자유를 남용하게 해서, 자유를 혐오하게 만드는 이 방법은 다른 형태로도 이루어집니다. 예를 들어, 어떤 노예가 당밀을 좋아해 조금 훔친다면, 주인은 시내로 나가 당밀을 더 많이 사와서는 채찍을 들고 노예에게 당밀을 먹으라고 명령합니다. 불쌍한 친구가 당밀이란 말만 들어도 역겨워질 때까지요. 때로 할당량보다 많은 음식을 달라고 하는 노예를 길들일 때 같은 방법을 씁니다. 노예가 제 몫을 다 먹고 더 달라 하면, 주인은 노예에게

화가 치밀지만, 노예가 허기진 채로 가게 할 수 없다고 합니다. 그러면서 먹을 것을 과하게 주고 정해진 시간 안에 남김없이 먹으라고 하지요. 만일 노예가 그럴 수 없다고 투덜대면, 배가 고파도 불러도 만족하지 못하는 놈이란 말을 들으며 채찍을 맞게 됩니다. 나는 이런 식으로 다뤄지는 유사 사례들을 직접 목격한 터라 줄줄이 열거할 수 있습니다. 그러나 이미 언급된 사례들로 충분할 것입니다. 이런 관행은 흔하디 흔하지요.

1834년 1월 1일, 나는 코비 씨를 떠나 윌리엄 프리랜드 씨 집에 고용 노예로 가게 되었습니다. 세인트 마이클스에서 3마일 정도 떨어진 곳이었죠. 나는 프리랜드 씨가 코비 씨와는 전혀 다른 부류의 사람이란 걸 단박에 알아챘습니다. 부자는 아니지만 학식 있는 남부 신사라 할 만했지요. 앞서 보인 바와 같이 코비 씨는 고도로 숙련된 깜둥이 조련사이자 노예 몰이꾼이었습니다. 프리랜드는 (비록 노예주였지만) 어느 정도 명예를 신경 쓰고 정의를 숭상했으며 인류애를 추구하는 것 같았지요. 코비 씨라면 그런 모든 감성에 완전히 무감해 보였습니다. 프리랜드 씨는 다혈질이라든지 초조해하는 등, 노예주 특유의 문제점이 제법 많긴 했지만, 적어도 코비 씨가 중독되어 있던 저열한 악덕에서 한결 자유로웠다는 걸 밝혀두는 것이 정당할 것입니다. 프리랜드 씨는 마음이 열려 있고 솔직했으며, 어디에 있는지 언제나 명확히 알 수 있었습니다. 반면 코비 씨는 교묘할 대로 교묘한 사기꾼이어서 교활하게 고안된 사기행각을 감지할 수 있는 자만이 그를 간파할 수 있었지요.

새 주인의 또다른 장점은 종교를 믿거나 종교인인 척하지 않는다는 점이었습니다. 내 생각에 이건 진정 대단히 훌륭한 점이었습니다. 나는 주저 없이 남부의 종교가 흉악한 범죄를 덮는 역할만 할 뿐이라고 주장합니다. 즉, 흉악무도한 야만성을 합리화하고, 혐오스런 속임수를 신성한 일로 뒤바꾸며, 노예주의 어둡고 더러우며 역겹고 파렴치한 행위를 철저히 보호하는 음울한 은신처입니다. 혹여 내가 다시 노예제도의 사슬로 돌아간다면, 노예 되는 것 다음으로 종교가 있는 주인을 만나는 게 가장 큰 재앙일 것입니다. 내가 만난 노예주 중에 종교를 가진 노예주가 최악이었습니다. 그들은 노예주들을 통틀어 제일 비열하고 저열하며 잔인하고 비겁했습니다. 불행하게도 나는 종교적인 노예주에게 속했을 뿐 아니라 그런 종교인들로 이루어진 공동체 안에서 살았습니다. 프리랜드 씨 집 근처에 사는 대니엘 위든 목사와 리그비 홉킨스 목사가 그런 종교인들이었지요. 이들은 개신감리교 일원이자 목회자였습니다. 위든 씨

노예 중에는 한 여자 노예가 있었는데, 지금은 그녀 이름을 기억하지 못하지만, 이 여자의 등은 몇 주 동안 말 그대로 생살이 드러나 있었습니다. 무자비하고 **종교적인** 놈의 채찍질 때문이었지요. 그는 따로 고용한 노예들을 일꾼으로 부리곤 했는데, 그의 신조는 이랬습니다. 노예가 잘하든 못하든 주인의 권위를 잊지 않도록 틈날 때마다 채찍을 휘두르는 게 주인의 의무이다. 그게 그의 지론이고 실천 강령이었습니다.

홉킨스 씨는 위든 씨보다 한술 더 떴습니다. 그는 자신이 노예들을 잘 다룬다며 으스대곤 했습니다. 그가 노예를 다루는 유별난 특징이라면, 노예들이 맞을 짓을 하기 전에 미리 채찍을 휘두르는 것이었죠. 매주 월요일 아침이면 무슨 수를 써서라도 노예를 채찍으로 때렸습니다. 공포를 조장하는 한편, 도망친 적 있는 노예들에게 겁을 주기 위해서였습니다. 그의 강령은 작은 잘못에 채찍을 휘둘러야 큰 잘못을 방지한다는 거였습니다. 홉킨스 씨는 노예에게 채찍을 댈 만한 핑곗거리를 언제라도 지어낼 수 있었지요. 노예주 삶에 익숙하지 않은 사람이라면, 노예주가 채찍 들 구실을 얼마나 손쉽게 끌어낼 수 있는지 알면 꽤 놀랄 것입니다. 단순한 표정, 말, 몸짓, 실수, 사고, 부족한 능력은 어느 때고 노예에게 채찍을 댈 만한 구실이 되었습니다. '노예가 불만족스러운 표정을 지었다? 그럼 영혼 안에 악마가 사는 것이므로 채찍으로 악마를 쫓아야 한다. 주인이 말을 거는데 버럭 큰 소리로 대답했다? 그럼 노예가 우쭐해지고 있는 거니 밟아서 고분고분하게 만들어야 한다. 백인이 다가올 때 노예가 모자 벗는 것을 잊어 버렸다? 그러면 존경심이 부족하니 채찍을 맞아야 한다. 혼냈더니 노예가 제 행동을 정당화하려고 한다? 그러면 건방지게 구는 죄를 저지른 것이며, 노예가 저지르는 제일 몹쓸 죄목 중에 하나다. 노예가 주인이 일하라고 지시한 것과 다른 방안을 제안하려 들었다? 그건 참으로 주제넘고 거만한 행실이다. 맞는 거 외엔 답이 없다. 쟁기질하는 동안 쟁기를 부러뜨렸거나, 괭이질을 하면서 괭이를 부러뜨렸다? 노예가 부주의한 탓이므로 무조건 매를 맞아야 한다.' 홉킨스 씨는 이런 식으로 채찍질을 정당화할 수 있었고, 그런 기회라면 놓치는 법이 없었습니다. 마을 전체에서 노예들이 제일 같이 살고 싶지 않은 사람이 홉킨스 목사였습니다. 그럼에도 근방 사람 중 노예몰이꾼 목사 리그비 홉킨스보다 종교에 더 열정적인 사람은 없었지요. 부흥회, 성경 교실, 종교 모임, 기도회와 설교 모임에 홉킨스보다 더 애쓰는 사람도 없었습니다. 가족 내에서도 종교에 더없이 헌신적인 사람,

가장 일찍 기도를 시작해 가장 늦게 기도를 끝내고 누구보다 우렁찬 목소리로 제일 오래 기도하는 사람이었습니다.

이제 프리랜드 씨, 그리고 프리랜드 씨에게 고용됐던 내 이야기로 돌아가 보겠습니다. 그는 코비 씨처럼 우리에게 먹을 것을 넉넉히 주었는데, 코비 씨와 달리 밥 먹을 시간도 족히 주었습니다. 그는 우리에게 고된 일을 시키긴 했지만 언제나 동틀 무렵부터 해질녘까지만 시켰습니다. 할 일은 꽤 많았지만 튼튼한 농기구도 내주었습니다. 농장이 넓긴 했지만, 이웃들과 비교하더라도 일손을 충분히 고용했습니다. 에드워드 코비 씨 아래서 겪은 것에 비하면 프리랜드 씨 밑에서 일했던 기간은 천국이나 다름없었지요.

프리랜드 씨는 노예를 단 두 명만 소유하고 있었는데, 헨리 해리스와 존 해리스였습니다. 나머지는 다른 노예주로부터 빌려 고용한 노예들이었습니다. 즉, 나와 샌디 젠킨스*, 핸디 콜

---

* [원주] 이 사람은 바로 코비 씨에게 매를 맞지 않도록 나에게 뿌리를 준 사람이다. 그는 "영리한 영혼"이었다. 우리는 자주 코비와의 싸움에 대해 이야기하곤 했다. 그럴 때마다 그는 내가 성공한 것이 그가 준 뿌리 덕분이라고 주장했다. 이러한 미신은 무지한 노예들 사이에서 매우 흔했다. 미신에 따르면, 노예가 죽더라도 대개 속임수라고 믿었다.

드웰이 고용된 노예였습니다.

헨리와 존은 지적 호기심이 왕성했습니다. 나는 그곳에 간지 얼마 안 돼, 그들에게 글자를 배우고자 하는 강한 열망을 심어주었습니다. 이 열망은 곧 다른 사람들에게로 번졌습니다. 그들이 낡은 쓰기 공책 몇 권을 모아오는 바람에 나는 안식일 학교를 이어가지 않을 도리가 없었지요. 나는 그러기로 동의하고 사랑하는 동료 노예들에게 글자를 가르치는 데 일요일을 바쳤습니다. 내가 처음 도착했을 때만 해도 그들 중 누구도 글자를 알지 못했습니다. 이웃 농장 노예 몇은 무슨 일이 벌어지고 있는지 눈치채자, 글자를 배우는 흔치 않은 기회를 붙들었습니다. 찾아온 사람 모두 이 사실을 최대한 숨겨야 한다는 걸 이해하고 있었지요. 세인트 마이클스에 사는 종교적인 주인들은 우리가 안식일에 레슬링이나 복싱을 하거나 위스키를 마시는 대신, 하나님의 뜻을 읽는 법을 배우고 있다는 걸 절대 몰라야 했습니다. 그들은 우리가 지적이고 윤리적이며 책임감 있는 존재처럼 행동하기보다 저 타락한 스포츠에 참여하는 걸 반겼기 때문입니다. 지금도 세인트 마이클스에 있던 우리의 작고 소중한 안식일 학교가 부숴진 잔혹한 사건을 떠올릴 때면 피가 거꾸로 솟습니다. 교회 구역장이라는 라이트 페어뱅크스와 개리슨 웨스트 씨가 무리 지어 몽둥이와 돌을 들고 들이닥친 사건이었습니다. 모두 스스로를 기독교인이라 칭하면서! 주 예수 그리스도의 겸손한 추종자라 하면서 말입니다! 하지만 이야기가 또 딴 길로 들어섰습니다.

안식일 학교는 자유인인 흑인의 집에서 열렸습니다. 그의 이름을 밝히는 것은 현명하지 못한 처사겠지요. 비록 학교를 연 것이 10년 전에 저지른 죄라 해도, 여기서 알려지면 그에게 퍽 곤혹스러운 일이 될 수도 있으니까요. 한 수업에 학생이 40명이 넘는 때도 있을 정도로 다들 열성으로 배우려 했습니다. 나이는 천차만별이었지만 대다수가 남녀 어른들이었지요. 그때의 일요일을 떠올리면 형언할 수 없는 기쁨을 느낍니다. 내 영혼의 위대한 날들이었지요. 친애하는 동료 노예들을 가르치는 것은 선물 같은 참으로 달콤한 시간이었습니다.

우리는 서로 사랑했고, 안식일 학교를 못하게 되어 뿔뿔이 흩어지는 것은 정말 가혹한 시련이었습니다. 이 소중한 영혼들이 오늘날 노예제도라는 감옥에 갇혀 있다는 걸 생각하면 감정에 북받쳐 묻고 싶어집니다. "정의로운 하나님이 우주를 다스리고 있습니까? 압제자들을 처단하지 않을 거라면 무엇을 위해 신은 오른손에 번개를 쥐고 계신 겁니까? 영혼을 짓밟는 자들의 손에서 짓밟힌 자들을 구해내지 않으시는 거라면, 왜?"
이 귀한 영혼들이 안식일 학교에 오는 것은, 그저 다들 가니까
나도 가야지 해서 오는 게 아니었습니다. 나 역시 명성을 얻고
자 가르치는 게 아니었고요. 학교에서 보내는 매 순간, 언제라
도 잡혀가 서른아홉 대의 채찍*을 맞을 수도 있었습니다. 그들
은 배우고 싶어서 왔습니다. 잔인한 주인들이 그들의 영혼을
굶주리게 했고, 정신적 암흑 속에 가둬 놓았습니다. 내가 그들
을 가르친 이유는, 나와 같은 인종의 처지를 향상시킬 수 있을
지 모를 뜻깊은 일이라 느꼈고, 글을 가르치면서 내 영혼에 기
쁨이 깃들었기 때문입니다. 나는 프리랜드 씨와 살던 1년 내
내 안식일 학교를 유지했습니다. 안식일 학교 외에도 겨울 동
안 일주일에 세 번 저녁 시간을 내어 집에서 노예들을 가르쳤
지요. 안식일 학교에 다닌 몇몇 사람이 읽는 법을 깨우쳤고, 적

* '39대의 채찍질'은 성서의 신명기 25:2~3의 태형법을 적용한 것이다. 신명기
25:2~3에 따르면 "악인에게 태형이 합당하면 재판장은 그를 엎드리게 하고 그
앞에서 그의 죄에 따라 수를 맞추어 때리게 하라. 사십까지는 때리려니와 그것
을 넘기지는 못할지니 만일 그것을 넘겨 매를 지나치게 때리면 네가 네 형제를
경히 여기는 것이 될까 하노라." 이에 따라 관습적으로 40대를 넘기지 않는 39
대가 최대 태형의 수였다.

어도 한 사람은 내 도움으로 자유인이 되었다는 사실에 행복을 느낍니다.

그해는 순조롭게 흘러갔습니다. 전해에 비하면 절반밖에 안 되는 것처럼 빠르게 지나갔지요. 그동안 나는 한 대도 맞지 않았습니다. 프리랜드 씨는 **내가 내 자신의 주인이 되기 전까지** 겪어 본 중, 가장 좋은 주인이었다는 걸 인정해야겠습니다. 그해를 그렇게 평안히 보낼 수 있었던 것은 일정 부분 동료 노예들 덕택이었습니다. 그들은 고귀한 영혼들이었습니다. 사랑을 나눌 뿐 아니라 용맹하기도 했지요. 우리는 서로 끈끈하게 연결되어 있었습니다. 그때 이후 다시 경험하지 못했을 만큼 나는 깊이 그들을 사랑했습니다. 때때로 우리 노예들이 서로 사랑하지도 신뢰하지도 않는다는 말이 오갑니다. 이 주장에 대한 답으로, 동료 노예들, 특히 프리랜드 씨 집에서 함께 지냈던 동료 노예들보다 누군가를 더 사랑하거나 신뢰한 적이 없다고 말하겠습니다. 우리는 모든 일, 특히 중요한 일이 있을 경우 꼭 먼저 상의했습니다. 결코 따로 행동하지 않았습니다. 우리는 하나였습니다. 기질과 성격뿐 아니라, 노예로서 처한 공통적인 간난 때문에도 우리는 하나였습니다.

1834년 말, 프리랜드 씨는 이듬해인 1835년까지로 내 고용

기간을 연장했습니다. 이때 나는 **프리랜드**(Freeland)*와 사는 것도 좋지만, **자유로운 땅**(free land)에서 살고 싶어졌습니다. 더 이상 프리랜드나 다른 노예주와 사는 것도 성에 차지 않았습니다. 새해가 시작되면서 마지막 투쟁을 준비하기 시작했지요. 내 운명을 가름할 투쟁이었습니다. 내 정신은 더 높은 곳을 향하고 있었고, 나는 빠르게 성장하고 있었습니다. 그러나 해가 거듭됐어도 나는 여전히 노예였습니다. 이제는 뭔가를 해야 한다는 생각이 나를 일깨웠습니다. 그래서 자유를 향한 시도를 해 보지도 않고 1835년을 흘려보내선 안 된다고 다짐했습니다. 그렇다고 이 다짐을 혼자서만 간직하고 싶진 않았습니다. 동료 노예들이 내게는 소중했지요. 그들도 나와 함께 이 목표, 목숨을 건 다짐에 동참해 주길 바랐습니다. 그래서 매우 조심스럽게 그들이 자신의 처지에 대해 어떻게 보고 느끼는지 확인하고, 그들의 마음밭에 자유에 대한 생각을 고취하기 시작했습니다. 나는 탈출 경로와 방법을 고안하는 데 온 힘을 기울이는 한편, 기회가 닿을 때마다 노예제도라는 거대한 속임수와 비

---

* '자유로운 땅'이라는 뜻의 이름이다.

인간성에 대해 일깨웠습니다. 처음에는 헨리에게, 다음으로는 존, 그다음에는 나머지 사람들에게 차례차례. 그들 모두 따뜻한 마음과 고귀한 정신이 깃들어 있었지요. 해볼 만한 계획이 하나라도 떠오르면 기꺼이 듣고자 했고 실행하고자 했습니다. 내가 바라던 게 바로 이거였습니다.

우리에게 필요한 것은 사람다움이라고, 만일 자유를 향한 시도를 한 번이라도 제대로 해 보지 않고 노예의 삶을 그대로 받아들인다면, 우리는 겁쟁이라고 말했습니다. 우리는 자주 만나서 의논했고, 희망과 두려움에 대해 이야기했으며, 실제로 일어날 법한 난관에 대해 논의했습니다. 때로 포기하고 비참한 운명에 순응하려 할 때도 있었고, 반대로 떠나고자 하는 결심이 굳건해 좀처럼 꺾이지 않을 때도 있었습니다. 어떤 계획을 제안하든 움츠러들었고, 승산 없는 싸움에 두려움이 엄습했습니다. 앞길은 험난한 장애물로 둘러싸여 있었으며 목적을 이룬다 해도 자유로울 권리는 여전히 불투명했습니다. 대양 이쪽에서는 자유가 허락된 곳을 찾을 수가 없었습니다. 우리는 캐나다에 대해 아무것도 몰랐고, 북부에 대한 지식이라야 뉴욕을 벗어나지 않았습니다. 뉴욕에 가더라도, 붙잡히면 노예로 살아야 하는 남부로 돌려 보내질지 모른다는 생각에, 그러면 전보다 열 배나 비참한 처지가 되리라는 생각에 시달리게 될 터였지요. 이런 생각은 정말이지 소름 끼치는 일이었고, 쉽게 떨치기 어려웠습니다.

우리가 예상해 본 상황은 다음과 같습니다. 지나가야 할 문마다 감시자가 보였지요. 모든 배에 경비가, 모든 다리에 보초병이, 모든 숲에 경찰관이 있었습니다. 우리는 사방으로 포위되어 꼼짝도 할 수 없었지요. 상상이든 현실이든 어려움이 존재했습니다. 해볼 만한 좋은 방법이 있는가 하면, 그것을 가로막는 난관이 있었습니다. 한편으로 노예제도라는 엄연한 현실이 우리를 매섭게 노려보며 서 있었습니다. 노예제도의 망토는 이미 수백만 노예의 피로 붉게 물들어 있었고, 지금은 우리의 살코기로 탐욕스런 축제를 벌일 참이었습니다. 다른 한편, 아스라이 먼 곳, 북극성이 점멸하는 빛 아래, 험준한 언덕이나 눈 덮인 산 뒤에, 과연 있을까 싶은 자유가 반쯤 얼어붙은 채로, 이리 와서 자신의 환대를 받으라고 우리에게 손짓하고 있었습니다. 때로 이것은 그 자체로 우리를 유혹하기에 충분했습니다. 그렇지만 길을 촘촘히 살펴보면 간담이 서늘해지는 때가 많았지요. 어느 길이든 무시무시한 모습의 암울한 죽음이 도사리고 있었습니다. 상상 속에서 우리는 스스로의 살을 파먹는 굶주림에 시달렸고, 파도와 맞서다 물에 빠져 죽었으며, 사나운 블러드하운드에 쫓기다 송곳니에 갈기갈기 뜯겼습니다. 우리가 전갈에 물리고 들짐승에 쫓기며 뱀에 물리고 마침내 원하는 곳에 다다랐을 즈음, 그러니까 강을 헤엄치고 들짐승과 마주치며, 숲에서 자고 굶주림과 헐벗음에 갖은 고생을 치른 뒤, 가까스로 목표 지점에 다다랐을 때, 추적자들에게 발각돼 저항하다 총에 맞아 죽었습니다. 단연코 이런 생각은 우리의 심장을 서늘하게 했습니다. 우리는 다음과 같이 느꼈습니다.

"우리가 알지 못하는 낯선 불행으로 도망치느니
우리가 떠안고 있는 불행을 차라리 견디리."*

도망치려고 마음먹으려면 패트릭 헨리**가 '자유냐 죽음이냐'를 결정할 때보다 더욱 고심해야 했습니다. 성공해 봤자 의심스러운 자유가, 실패할 경우 거의 확실한 죽음이 우리를 기다

*   셰익스피어 『햄릿』 3막 1장.
** 16쪽 주석 참조.

리고 있었으니까요. 나로서는 희망 없는 족쇄보다 차라리 죽음이 나았습니다.

샌디는 도주를 포기했습니다. 그래도 우리를 격려했습니다. 따라서 우리 모임은 헨리 해리스, 존 해리스, 헨리 베일리, 찰스 로버츠, 나로 정리되었습니다. 헨리 베일리는 내 삼촌으로, 내 주인 토마스 얼드의 노예였습니다. 찰스는 내 이모와 결혼했고, 내 주인의 장인어른인 윌리엄 해밀턴의 노예였습니다.

우리가 최종적으로 결정한 계획은 해밀턴 씨 소유의 큰 카누를 가져와, 부활절 휴일 전 토요일 밤, 노를 저어 곧장 체서피크만을 따라 올라가는 거였습니다. 우리가 사는 곳에서 70~80마일 정도 떨어진 만 입구에 도착하면, 카누를 뒤집어 버리고 북극성을 따라 메릴랜드를 벗어날 작정이었습니다. 해로를 택한 이유는 도망자라는 의심을 그나마 덜 받으리란 계산에서였지요. 우리가 어부로 보였으면 했습니다. 반면 육로를 택한다면 온갖 종류의 간섭을 당할 것이 뻔했습니다. 백인 누구든 그럴 마음만 있으면 우리를 멈춰 세워 확인해 볼 터였습니다.

우리가 출발하기 일주일 전, 나는 우리 한 사람 한 사람을 위해 통행증을 썼습니다. 내 기억으로 내용은 다음과 같습니다.

"본 서명인은, 이 증명서를 지닌 하인에게 볼티모어로 가서 부활절 연휴를 보내도록 완전한 자유를 허락하였음을 증명한다. 내 손으로 직접 씀, 1835년.

윌리엄 해밀턴,
메릴랜드주 탤봇카운티, 세인트 마이클스 근처"

볼티모어에 갈 생각은 없었습니다. 다만 만을 따라 올라가는 건 볼티모어 방향이기도 했고, 이 통행증은 만에서 우릴 보호하기 위한 것이었죠.

출발일이 가까워질수록 불안이 점점 자라났습니다. 우리에게는 실로 삶과 죽음의 기로였습니다. 우리 결심이 얼마나 확고부동한지 머지않아 제대로 시험당할 터였지요. 이때 나는 동료들에게 적극적으로 모든 어려움을 설명하고 모든 의심과 두려움을 없애는 한편, 우리 임무가 성공하기 위해 꼭 필요한 신념을 불어넣으려 애썼습니다. 우리가 움직이는 순간, 절반은 이미 이룬 거라고 확신을 주었지요. 우리는 오랫동안 충분히 대화를 나눴습니다. 이제 움직일 준비가 되었지요. 지금이 아니면 다시 없을 기회였습니다. 지금 움직이지 않으면, 팔짱이

나 끼고 앉아서 자신들이 노예에나 걸맞다는 걸 인정하게 될 터였습니다. 이것은 누구도 인정하고 싶지 않았습니다. 모든 이들이 확고했고, 마지막 모임에서 우리는 최대한 엄숙하게 새로 서약했습니다. 정해진 날 기필코 자유를 향해 출발하리라고. 서약한 날은 수요일이었고, 주말에 떠날 예정이었습니다. 그날 우리는 평소처럼 일하는 들판으로 갔습니다. 위험천만한 계획이 가슴을 쉴 새 없이 휘젓고 있었습니다. 우리는 최대한 속마음을 숨기려 애썼고, 꽤 잘해내고 있었지요.

심난한 기다림 끝에 토요일 아침이 되었습니다. 그날 밤하늘은 우리의 도주를 목격하게 될 터였습니다. 슬픔이 따를지라도 기쁨으로 아침을 맞이했지요. 금요일 밤은 잠들 수 없는 밤이었습니다. 아마 나는 다른 사람보다 더욱 노심초사했을 것입니다. 만장일치로 나는 이 모든 일의 책임자가 됐기 때문입니다. 성공이냐 실패냐 하는 책임이 어깨를 무겁게 짓눌렀습니다. 성공의 영광도, 실패의 혼란도 내 탓이 될 터였지요. 그날 아침 첫 두 시간은 이전에 겪어 보지 못했고 두 번 다시 일어나지 않았으면 하는 순간이었습니다. 이른 아침 우리는 평소와 같이 들판으로 나갔습니다. 땅에 거름을 뿌리고 있는데, 불현듯 형언하기 힘든 느낌에 사로잡혔습니다. 나는 몸을 돌려 샌디에게 말했습니다. "우리는 배신당했어!" 그러자 샌디가 말했습니다. "흠. 나도 방금 같은 생각이 들었어." 우리는 더는 아무 말도 하지 않았습니다. 나는 어떤 것도 이보다 확신한 적이 없었습니다.

경적이 평소처럼 울렸고, 우리는 아침밥을 먹으러 들판에서 집으로 올라갔습니다. 그날 아침엔 뭔가를 먹으러 갔다기보다 평소처럼 보이려고 갔습니다. 집에 막 들어서는데, 길로 난 문으로 백인 넷과 흑인 둘이 함께 있는 게 보였습니다. 백인들은 말을 타고 흑인들은 묶인 채로 뒤따라 걷고 있었지요. 그들이 길로 난 문에 다가올 때까지 나는 잠시 그들을 지켜보았습니다. 백인들이 말을 세우더니 흑인들을 문기둥에 묶었습니다. 여전히 무슨 일이 일어나고 있는지 종잡을 수가 없었습니다. 몇 분 뒤, 해밀턴 씨가 말을 타고 잔뜩 흥분한 기세로 달려오더니 문으로 와서 윌리엄 프리랜드 주인이 안에 있는지 물었습니다. 헛간에 있다는 말을 듣자, 해밀턴 씨는 말에서 내리지도 않고 맹렬한 속도로 헛간으로 달렸습니다. 몇 분 뒤, 그와 프리랜드 씨가 집으로 돌아왔습니다. 이때 경찰 셋이 말을 타고 올라왔는데, 눈 깜짝할 새 말에서 내려 기둥에 말을 매고는, 헛간에서 돌아오는 윌리엄 주인과 해밀턴 씨를 만났습니다. 그들은 잠깐 얘기를 나누더니, 다 같이 부엌문 쪽으로 저벅저벅 걸어왔습니다. 부엌에는 나와 존 외엔 아무도 없었습니다. 헨리와 샌디는 헛간에 있었지요. 프리랜드 씨는 문간에 머리를 들이밀고는 내 이름을 부르며, 나를 보고 싶어 하는 신사분들이 문 앞에 있다고 말했습니다. 나는 문으로 가서 그들이 무엇을 원하는지 물었습니다. 그들은 곧바로 나를 붙들고는 설명 하나 없이 내 두 손을 단단히 묶었습니다. 내가 무슨 일인지 알아야겠다고 하자. 그들은 내가 "곤경"에 처했다면서, 내 주인이 보는 앞에서 조사받게 될 것이며, 만일 그들이 받은 정보가 오보로 판명난다면 다치지 않을 거라고 했습니다.

몇 분 뒤, 그들은 존을 결박했습니다. 그러고는 막 돌아오고 있던 헨리를 보더니, 두 손을 내려 엇갈리게 하라고 명령했습니다. "난 안 할 겁니다!" 헨리가 분명한 어조로 말했습니다. 저항할 시 닥칠 결과와 맞서겠단 뜻이었지요. "안 한다고?" 톰 그레이엄이라는 경찰이 물었습니다. "네, 안 할 겁니다." 목소리는 한층 격양된 어조를 띠고 있었습니다. 그러자 경찰 두 명이 반질반질한 권총을 꺼내더니, 두 손을 엇갈리게 잡지 않으면 그를 죽이겠다고 창조주의 이름으로 맹세했습니다. 둘 다 권총의 공이치기를 뒤로 당기고, 손가락을 방아쇠에 얹은 채 헨리 쪽으로 다가서며 말했습니다. 손을 엇갈리게 잡지 않으면 그의 망할 가슴을 쏴 버릴 거라고 말이죠. "쏘시오! 쏴요!" 헨리 가 말했습니다. "당신은 한번 밖에 날 못 죽여. 쏴, 쏘라고. 저 주받으라지! **난 묶이지 않을 거야!**" 그가 핏대를 세우며 저항했 습니다. 동시에 번개처럼 빠른 주먹 한 방으로 경찰들 손에 들 려 있던 권총을 쳐냈습니다. 그러자 모든 손이 그를 덮쳤고 한 동안 주먹질이 오고간 뒤에야 비로소 제압했습니다.

헨리가 몸싸움하는 와중에, 나도 어떻게 했는지 모르겠는데, 몰래 통행증을 꺼내 불 속에 던져 버렸습니다. 결국 우리는 모 두 결박됐습니다. 이스턴 감옥으로 끌려가려던 찰나, 윌리엄 프리랜드의 어머니인 벳시 프리랜드가 두 손 가득 비스킷을 들 고 와서는 헨리와 존에게 나눠주며, 내게 말했습니다. **"이 악 마! 이 누런 악마!*** 네가 헨리와 존 머릿속에 도망치자는 생각 을 집어넣었지. 다리 긴 혼혈 악마! 너만 없었으면, 헨리와 존 은 절대 그런 생각을 했을 리가 없어." 나는 아무 말도 하지 않

---

* 누런 악마라고 한 것은 프레더릭 더글러스가 백인과 흑인의 혼혈이어서 한 말이 다.

앉고 그대로 세인트 마이클스로 끌려갔습니다. 헨리와 몸싸움을 하기 직전, 해밀턴 씨는 프레더릭이 자신과 다른 이를 위해 통행증을 썼을 테니 수색해 보는 게 좋겠다고 제안했었습니다. 막상 그러려던 찰나, 그도 헨리를 결박하는 걸 도울 수밖에 없었지요. 몸싸움하느라 정신이 없어서 수색하기로 한 걸 잊어버렸거나, 그 상황에선 수색하는 게 안전하지 않다고 생각한 모양이었습니다. 그래서 우리가 도망치려 했다는 확증이 아직은 없었지요.

우리가 세인트 마이클스로 반 정도 갔을까요. 우리를 체포한 경찰들이 앞을 보는 동안, 헨리가 통행증을 어떻게 해야 좋을지 내게 물었습니다. 나는 비스킷과 함께 삼켜 버리고 아무것도 남기지 말라고 했습니다. 우리는 주변으로 전달했습니다. **"아무것도 남기지 마."** **"아무것도 남기지 마!"** 우린 서로에 대한 신뢰가 흔들리지 않았습니다. 이 같은 재앙이 덮친 다음에도, 성공하든 실패하든 우리는 함께하기로 다짐했고, 어떤 것이든 각오가 서 있었습니다.

그날 오전 우리는 말에 묶인 채, 15마일을 끌려가 이스턴 감옥에 갇힐 예정이었습니다. 도중에 세인트 마이클스에 도착하자, 간단한 조사를 받았지요. 우리는 한결같이 도망치려 한 적

노예의 삶, 인간의 목소리

이 없다고 말했습니다. 이렇게 부인한 것은 팔려 가지 않기 위해서라기보다, 우리 주장에 반하는 증거를 끌어내기 위해서였습니다. 앞서 말한 대로 우리는 어떤 상황이든 각오하고 있었습니다. 함께 갈 수만 있다면 어디로 끌려가든 전혀 상관없었지요. 우리가 무엇보다 우려하는 건 흩어지는 것이었습니다. 살아 있는 한 그보다 더 두려운 것은 없었지요. 한 사람의 증언 때문에 탈출 계획이 발각되었다는 것을 우리는 눈치챘습니다. 주인은 누군지 말하려 들지 않았지만, 우리는 만장일치로 정보원이 누구인지 알아챘습니다. 이스턴 감옥에서는 조셉 그레이엄 씨라는 보안관이 우리를 기다리고 있었습니다. 헨리와 존과 나는 한 방에 갇혔고, 찰스와 헨리 베일리는 다른 방에 갇혔습니다. 우리를 따로 갈라놓은 놓은 이유는 말을 맞추지 못하게 하려는 것이었지요.

20분 정도 지났을까요. 노예 무역상 한 무리와 중개상들이 우리를 팔 건지 알아보려 감옥으로 몰려왔습니다. 그런 존재들을 이제껏 본 적이 없었습니다. 지옥에서 온 수많은 악령 떼에 둘러싸인 기분이었죠. 해적 떼도 악마 같은 그들에 비할 바가 아니었습니다. 그들은 웃음을 터뜨리고 소름끼치는 미소를 지었습니다. "아, 얘들아! 너네는 곧 우리 것이 될 거야, 안 그래?"

갖은 조롱을 던진 그들은 차례차례 우리를 둘러보기 시작했습니다. 얼마나 값나갈지 확인하려는 거였죠. 경박하게도 자신들을 주인으로 모실 마음이 있는지 묻기까지 했습니다. 우리는 아무 대답도 하지 않았고, 그들이 멋대로 굴게 내버려 두었습니다. 그러자 그들은 저주를 퍼붓고 욕을 하더니, 자기 손아귀로 들어오기만 하면 당장 우리한테서 악마를 쏙 빼내 버릴 거라고 말했습니다.

의외로 감옥생활은 예상보다 훨씬 나았습니다. 먹을 것이 풍족하거나 좋은 건 아니었지만, 깔끔하고 단정한 방이었고, 길거리에서 무슨 일이 벌어지는지 창으로 볼 수도 있었습니다. 어둡고 축축한 감방에 비하면 한결 나았지요. 감옥 생활과 간수에 대해서 말하자면 전반적으로 우리는 그럭저럭 잘 지냈습니다. 부활절 휴일이 끝나자 뜻밖에도 해밀턴 씨와 프리랜드 씨가 이스턴으로 왔습니다. 그들은 나만 남기고 찰스와 두 헨리, 존을 감옥에서 빼내 집으로 데려갔습니다. 이 헤어짐을 마지막으로 그들과 영영 볼 수 없으리라 예감했지요. 이때야말로 최고로 힘든 시련이었습니다. 헤어지는 것만 빼면 어떤 것이든 달게 받을 준비가 되어 있었으니까요. 주인들은 서로 논의한 결과, 탈출 계획을 짠 주범은 나이므로, 죄 없는 자들까지 벌 받게 하는 것은 온당치 않다고 결정했던 모양입니다. 그래서 다른 이들은 집으로 돌려보내고, 경고의 의미로 나를 팔아 버리기로 결정했겠지요. 고결한 헨리는 감옥으로 끌려올 때만큼이나 감옥을 떠나려 하지 않았습니다. 하지만 우리가 팔린다면 십중팔구는 따로 흩어지리란 걸 알고 있었고, 어차피 그들 손아귀에 있었으므로 헨리는 저항하지 않고 얌전히 집으로 돌아가기로 했습니다.

나는 운명의 뜻에 맡겨졌습니다. 온전히 혼자였고 돌벽 감옥 안에 있었지요. 불과 며칠 전까지만 해도 희망에 가득 차 안전하게 자유의 땅에 도달하길 기대했었는데, 지금은 음울에 덮여 극도의 절망 속에 가라앉았습니다. 자유의 가능성이 사라졌지요. 그렇게 일주일 정도 보냈을까요. 놀라워 입이 딱 벌어지는 일이 일어났습니다. 내 주인 토마스 얼드 선장이 나타나 나를 꺼내 준 것입니다. 주인은 나를 지인에게 딸려 앨라배마로 보낼 작정이었습니다. 하지만 이런저런 이유로 앨라배마로 보내지 않고 볼티모어에 있는 그의 동생 휴 얼드에게 보내 기술을 가르치기로 했습니다.

그래서 3년 1개월의 공백 끝에 다시 볼티모어의 옛집으로 돌아오게 되었습니다. 주인집 마을에는 이미 나에 대한 흉흉한

더글러스가 말년을 보낸 삼나무 언덕 집

노예의 삶, 인간의 목소리

소문이 떠돌고 있었으므로, 내가 살해당할까 두려웠던 주인이 나를 멀리 보낸 것이지요.

볼티모어에 도착한 지 몇 주가 지나자, 휴 주인은 나를 윌리엄 가드너 씨에게 고용시켰습니다. 가드너 씨는 펠스포인트에 사는 거대 선박 제조업자였습니다. 나는 코킹이라는 선박의 나무판 틈새 매우는 일을 배우려던 것이었는데, 일을 배우기에는 썩 맞지 않는 자리였습니다. 가드너 씨는 그해 봄 멕시코 정부에 댈 쌍돛대 전함 두 척을 건조하고 있었습니다. 전함들은 그해 7월 진수할 예정이었고, 기한을 못 맞추면 가드너 씨는 막대한 금액을 날릴 판이었지요. 그래서 다들 시간에 쫓기고 있었으니, 거기서 뭘 배울 시간 자체가 없었습니다. 모두들 자신이 할 줄 아는 일을 당장 해내야 했지요. 조선소에 들어서자, 가드너 씨는 내게 목수들이 시키는 것이면 무엇이든 다 하라고 명령했습니다. 이것은 일흔다섯 명의 명령에 빈틈없이 대기하고 있으라는 뜻이었지요. 그들 모두를 주인처럼 대해야 했고, 그들의 말이 곧 법이었습니다. 상당히 난처한 상황이었습니다. 때로 손이 열두 쌍이나 필요할 지경이었죠. 1분마다 열두 군데에서 나를 불렀고 서너 목소리가 동시에 내 귀를 때렸습니다. "프레드, 이 나무통 깎는 것을 도와." "프레드, 이 나무통을 저쪽으로 옮겨." "프레드, 저 롤러를 가져와." "프레드, 가서 새 물통을 가져와." "프레드, 와서 이 나무 모서리 톱질 좀 도와줘!" "프레드, 빨리 가서 쇠 지렛대 가져와." "프레드, 고팻줄 끄트머리 좀 잡아." "프레드, 대장간에 가서 새 펀치 받아 와." "이봐, 프레드! 뛰어가서 끌을 가져와." "내 말 안 들려? 프레드, 이것 좀 거들어. 저 증기실 아래로 가서 번개처럼 빠르게 불을 때." "여봐 깜둥이! 와서 숫돌을 돌려." "여기, 여기! 빨리, 빨리! 이 목재 좀 앞으로 끌어당겨." "야, 검둥이, 눈멀었어? 왜 불을 안 때?" "여기! 여기! 여기!" (한꺼번에 세 명이 부르는 소리) "여기 와! 저리 가! 딱 거기 있어! 망할 녀석, 꼼짝 하기만 해. 머리통을 박살 내 버린다!"

이것이 8개월 동안 이어진 내 수련이었습니다. 거기서 오래 버틸 수도 있었겠지만, 백인 견습생 네 명과 지독한 몸싸움을 벌이는 바람에, 하마터면 왼쪽 눈알이 빠질 뻔했고 다른 부위도 심하게 짓이겨졌습니다. 사정은 이랬습니다. 내가 거기 간 지 얼마 안 되어, 백인과 흑인 선박 목수들이 나란히 일하게 되었습니다. 누구도 그것이 부당하다 토 달지 않았습니다. 모든 일꾼이 만족스러워 보였지요. 많은 흑인 목수들이 자유인이었고, 선박 일은 순조롭게 흘러가는 것처럼 보였습니다. 그런데 느닷없이 백인 목수들이 일손을 놓더니, 자유인이더라도 흑인 목수들과는 일을 하지 않겠다고 으름장을 놓았습니다. 그들이 그러는 이유는, 자유 흑인 목수들이 늘어나면 머지않아 흑인들이 선박 일을 직접 처리할 것이고, 가난한 백인들은 일자리를 잃게 될 것이므로, 당장 그것을 막아야 한다는 것이었습니다. 가드너 씨의 다급한 사정을 노려 파업을 한 그들은 가드너 씨가 흑인 목수들을 해고하지 않으면 일하지 않겠노라, 엄포를 놓았습니다. 이 일은 표면적으로 보자면, 목수가 아닌 내게 영향을 미치는 사안은 아니었지만, 실질적으로는 영향을 주었습니다. 내 동료인 백인 견습생들이 나와 함께 일하는 것을 모욕으로 느끼기 시작했지요. 그들은 "깜둥이"가 나라를 차지하려 한다, 흑인들을 모조리 죽여야 한다, 거들먹거렸습니다. 더군다나 숙련공들도 그들을 부추겨 내 일마저 고의로 버겁게 만드는 것이었습니다. 나를 괴롭히고 때로는 때리기도 했습니다. 물론 나는 코비 씨와 싸운 뒤로 결과가 어떻든 간에 맞으면 되갚아 주기로 한 맹세를 변함 없이 지키고 있었지요. 그들이 힘을 합치지 않는 한, 상황이 그리 나쁘지 않았습니다. 따로따로라면 그들을 상대할 수 있었으니까요. 하지만 종국에는 그들이 무리지어 몰려왔습니다. 몽둥이, 돌, 두꺼운 지렛대로 무장한 채였지요. 한 명은 반쯤 부서진 벽돌을 들고 내 앞으로 다가 왔고, 양쪽으로 한 사람씩, 그리고 뒤에 한 명이 섰습니다. 내가 앞과 옆에 있는 놈들을 상대하는 동안, 뒤에서 나무 지렛대를 든 놈이 달려들어 내 머리를 힘껏 한 방 날렸습니다. 그 한 방이 나를 까무러뜨리자, 그들은 한꺼번에 달려들어 주먹질하기 시작했습니다. 한동안 나는 힘을 비축하며 기다렸습니다. 이윽고 한순간 두 손과 무릎으로 몸을 일으켰습니다. 그때 그들 중 하나가 무거운 부츠를 신은 발로 내 왼쪽 눈을 세게 걷어 찼습니다. 눈동자가 터지는 줄 알았습니다. 눈이 감기고 심하게 부풀어 오르는 걸 보자 그들은 줄행랑을 쳤습니다. 한동안 나는 나무 지렛대를 들고 그들을 뒤쫓았지요. 하지만 곧 백인 목수들이 끼어드는 바람에 그만두는 게 낫겠다는 생각이 들었습니다. 그렇게 많은 사람을 상대할 수는 없었으니까요. 이 모든 사건이 50명가량 되는 백인 선박 목수들 눈앞에서 일어난 일이었습니다. 그런데 누구 하나 안쓰러워하며 말리는 사람이 없었습니다. 오히려 어떤 이는 외쳤습니다. "망할 깜둥이 놈, 죽여버려! 죽여! 죽여! 저놈이 백인을 쳤어." 내가 살 수 있는 유일한 길은 도망가는 것뿐이었고, 간신히 그곳을 빠져나왔습니다. 백인을 때리는 것에 대한 벌은 린치 법*에 따라 죽음이었습니다. 그것은 가드너 씨 조선소의 법이기도 했지요. 가드너 씨 조선소 밖이라고 크게 다르지도 않았습니다.

나는 곧장 집으로 가, 휴 주인에게 내가 당한 일을 이야기했습니다. 비종교인인 휴 주인이지만, 그의 형 토마스가 비슷한 상황에서 대응했던 것에 비하면, 휴가 더욱 종교적이었습니다. 휴 주인은 야만적인 폭행으로 이어진 당시 사건에 대해 주의 깊게 듣고는 분노를 감추지 못했습니다. 한때 너무나 상냥했던 여주인의 마음은 다시 연민으로 녹아내렸습니다. 부어오른 눈과 피로 덮인 내 얼굴을 보고 그녀는 눈물을 흘렸습니다. 그녀는 내 옆에 앉아 피를 닦아 주고, 어머니의 다정함으로 내 머리에 붕대를 감싸며 상처 난 눈을 신선하고 기름기가 적은 쇠고기 조각으로 덮어주었습니다.

한때 다정했던 여주인의 친절한 모습을 다시 보게 되니, 내가 당한 고통이 보상받는 듯했습니다. 휴 주인은 자못 분개했

---

* 린치는 정당한 법적 절차 없이 상대방에게 잔인한 폭력을 가하는 행위를 일컫는다. 과거 백인 우월주의자들이 흑인을 처형할 때 이 단어를 사용했기 때문에, 미국의 인종차별 역사가 담긴 이 용어는 미국에서 금기시되어 있다.

습니다. 내게 이런 짓을 한 자들에게 악담을 퍼부으며 분노를 숨기지 않았지요. 다친 데가 좀 나아지자마자, 휴 주인은 나를 데리고 본드 거리의 왓슨 변호사를 찾아갔습니다. 이 문제를 어떻게 해결할 수 있는지 알아보려고요. 왓슨 씨는 폭행이 저질러지는 걸 본 사람이 누구냐고 물었습니다. 휴 주인은 가드너 씨 조선소에서 벌건 대낮에 일어난 일이라, 일하다 목격한 사람들이 셀 수 없이 많다고 답했습니다. 휴 주인이 말했습니다. "폭행이 일어났다는 사실, 그리고 누가 그랬는지는 의문의 여지가 없습니다." 왓슨 씨의 대답은, 만일 백인 몇 명이 나서서 증언을 해주지 않으면, 이 경우 자신이 할 수 있는 일은 없다는 거였습니다. 내 말만 가지고는 영장을 청구할 수 없었습니다. 만일 내가 흑인 천 명이 보는 앞에서 백인에게 살해당하고, 설사 흑인들의 일치된 증언이 있다 하더라도, 살인자들 중 단한 명도 체포할 수 없다고 했습니다. 휴 주인도 이번만은 너무 가혹하다고밖에 말할 수 없었습니다. 젊은 백인들에 맞서 나를 위해 증언해 줄 만한 백인은 당연히 찾을 수 없었지요. 내게 연민을 느끼더라도 쉽사리 증언하기 어려웠습니다. 흑인을 위해 증언한다는 건, 이제껏 겪어 본 적 없는 대단한 용기를 요구했지요. 당시에는 조금이라도 흑인에 대한 인류애를 드러내면 폐지론자라 비난받았고, 폐지론자로 알려지면 섬뜩한 상황에 처할 수 있었습니다. 그 당시, 그 지역에 살던 피에 굶주린 사람들의 구호는 "망할 폐지론자들!"과 "망할 깜둥이들!"이었습니다. 결국 아무 일도 일어나지 않았습니다. 내가 살해돼도 아무 일도 일어나지 않았을 테지요. 이것이 기독교 도시인 볼티모어의 상황이었고, 지금도 그러합니다.

휴 주인은 잘못된 점을 바로잡을 수 없다는 것을 알고는, 나를 가드너 씨에게 돌려보내려 들지 않았습니다. 대신 나를 데리고 있었고, 그의 부인은 내가 건강을 회복할 때까지 상처에 붕대를 감아주었습니다. 그러고 나서 휴 주인은 자신이 감독일을 했던 조선소로 나를 데려가 월터 프라이스 씨 밑에서 일하게 했습니다. 나는 곧바로 선박 나무판 틈새를 메우는 기술인 코킹을 시작했습니다. 나무망치와 인두를 사용하는 기술을 익혔고, 가드너 씨 조선소를 떠난 지 1년 후에는, 숙련된 코킹 기술자에게 주는 꽤 높은 봉급을 받을 수 있었지요. 이제 나는 주인에게 상당히 중요해졌습니다. 매주 6~7달러를 가져다주고, 어떤 때는 9달러를 벌어다 주기도 했습니다. 내 임금은 하루에 1달러 50센트였습니다. 코킹 기술을 배운 뒤, 나는 고용주를 찾아가 직접 계약을 맺었고 돈을 받았습니다. 내 앞길은 전보다 훨씬 순탄해졌습니다. 형편도 한결 나아졌습니다. 코킹할 일거리를 찾지 못하면 아무일도 하지 않았지요. 이러한 가욋시간에는 자유에 대한 옛 생각들이 다시 나를 덮쳐왔습니다. 가드너 씨 조선소에서 일할 때, 나는 연이어 굴러가는 긴 장의 굴레 속에 있었고, 살아가는 거 외엔 아무것도 생각할 수가 없었습니다. 살아가는 것만 생각할 때는 자유에 대해 까맣게 잊었지요. 노예로서의 삶을 돌이켜보면, 생활 형편이 나아질 때, 만족감이 높아지기는커녕 자유에 대한 열망만 높아졌고, 자유를 얻을 방법을 모색했습니다. 현실에 만족하는 노예가 되려면, 생각하지 않는 노예가 되어야 했습니다. 윤리와 정신의 눈을 반드시 암암하게 하고, 가능한 한 이성의 힘을 없애야 하지요. 노예는 노예제도의 모순을 감지할 수 없어야 하며, 노예제도가 옳다고 느껴야 합니다. 인간이 아닐 때만 가능한 일이지요.

앞서 말한 대로 나는 이제 하루에 1달러 50센트를 받고 있었습니다. 내가 계약했고, 내가 벌었으며, 내가 돈을 받았습니다. 정당한 내 돈이었습니다. 다만 토요일 밤이 되면 1센트도 남김없이 휴 주인에게 넘겨야 했지요. 왜일까요? 그가 벌었기 때문이 아니었습니다. 그가 돈을 버는 데 어떤 조력을 했기 때문도 아니었습니다. 그렇다고 내가 그에게 빚을 져서도 아니었습니다. 그는 그 돈에 티끌만큼의 권리도 없었습니다. 단지 돈을 갖다 바치게 할 수 있는 권력을 가지고 있기 때문이었죠. 험악한 해적이 드넓은 바다에서 지니는 권리와 정확히 일치했습니다.

11

탈출

이제 내 생애에서 노예 생활로부터 탈출을 계획하고 마침내 탈출에 성공한 부분을 이야기할 때가 왔습니다. 특정 정황들을 서술하기에 앞서, 탈출 과정에 대한 정보를 세세히 밝히지 않는 내 의도를 적어 두는 게 적절할 것 같습니다. 그 이유는 다음과 같습니다.

첫째, 관련 정보를 세세히 말한다면 얽힌 사람들이 궁지에 처할 가능성이 농후하기 때문입니다. 둘째, 내 탈출 과정을 알게 된 노예주들은 두말할 나위 없이 전보다 경계를 삼엄히 할 것입니다. 그것은 자명하게도 우리 형제 노예들이 고통스러운 속박에서 벗어날 수 있는 문을 막아서는 일이 될 테지요. 내 노예 생활에서 이 핵심적인 부분을 어쩔 수 없이 숨겨야 하는 현실이 깊이 유감스럽습니다. 지극히 행운이 깃든 내 탈출에 연관된 모든 사실을 낱낱이 진술하여 많은 이들의 호기심을 마음껏 충족시킬 수 있다면 내게도 즐거움이 될 것이고, 또 내 이야기에도 흥미를 돋우는 요소가 되겠지요. 그렇지만 그런 즐거움을 포기해야 하며, 호기심을 채우는 것 역시 배제해야 합니다. 형제 노예가 사슬과 속박에서 벗어날 만한 좁은 길마저 차단해 버리느니, 차라리 나쁜 사람들이 퍼붓을 녹록잖은 비방을 견디는 편을 택하겠습니다.

서부 동료들이 **지하철도**(underground railroad)*라 부르며 공개적으로 운영하는 탈출 방법에 나는 결코 찬성하지 않습니다. 공개적인 선언 탓에 그것은 오히려 눈에 띄는 **지상철도**가 되어 버렸습니다. 나는 선한 남녀의 고귀한 용기에 존경을 표하며, 노예 탈출을 도왔다고 공개적으로 밝힘으로써 기꺼이 피의 박해를 무릅쓴 것에 박수를 보냅니다. 다만 그 방식이 그들 자신에게나 도망치는 노예에게나 과연 얼마나 좋은 결과를 가져왔는지는 잘 모르겠습니다. 한편, 공개 선언이 오히려 도망 경로를 찾는, 아직 노예로 남아 있는 이들에게 확실히 독이라는 것

---

* 19세기 초부터 중엽, 미국에서 흑인 노예들이 자유주(州)로 탈출하도록 만든 비밀 경로와 안전 가옥 네트워크를 말한다. 자유 흑인들, 폐지론자들, 흑인 해방에 공감하는 자들이 만든 것으로, 잡힐 위험을 무릅쓴 노예들은 '승객', 그들을 돕는 이들은 '철도원'으로 불렸다. 이 모임은 노예해방선언이 승인될 때까지 지속적으로 성장했고, 1850년까지 대략 10만 노예가 '지하철도'를 통해 자유의 몸이 되었다.

을 보고 느끼게 됩니다. 그들은 노예들을 계몽하는 데는 어떤 도움도 주지 못하는 데 반해, 주인을 '계몽'하는 데는 막강한 도움을 줍니다. 경계를 한층 더 엄중히하고, 노예를 사로잡을 역량을 강화시켰습니다. 우리는 북부 노예들뿐 아니라 남부 노예들에게도 책임이 있습니다. 북부 노예가 자유를 찾아 도주하는 걸 도우면서도, 남부 노예가 탈출하는 걸 방해할 만한 일은 하지 않도록 주의해야 하죠. 나는 노예들이 택하는 도주 방법을 잔혹한 노예주들이 전혀 모르게 하고 싶습니다. 보이지 않는 무수한 고문자들이 노예주를 둘러싸고 있다고, 또 그 고문자들은 언제든 노예주의 지옥 같은 손아귀에서 떨고 있는 먹잇감을 낚아챌 준비가 돼 있다고 상상하게 만들고자 합니다. 그가 어둠 속에서 더듬거리게 내버려 두십시오. 그가 저지른 죄에 상응하는 짙은 어둠이 주위를 맴돌도록. 도망친 노예를 추격하는 매 발걸음마다 미지의 누군가가 제 머리를 때려 부술지도 모른다는 두려움에 떨도록. 폭군에게 어떤 도움도 주지 맙시다. 우리 달아나는 형제의 발자국을 추적하는 길에 빛을 비춰줘선 안 됩니다. 그러나 이만하면 충분할 것입니다. 이제 내가 탈출한 과정을 이야기하고자 합니다. 나의 탈주에 관해서라면 온전히 나 홀로 책임을 떠맡고, 누구도 고통받지 않도록 안배할 것입니다.

1838년 초, 나는 도저히 가만있을 수가 없었습니다. 왜 내가 피땀 흘린 대가가 주말이면 어김 없이 주인 지갑으로 들어가야 하는지 도무지 이해할 수 없었지요. 일주일 치 임금을 받은 주인은 돈을 센 뒤, 강도처럼 매서운 얼굴로 물었습니다. "이게 다야?" 마지막 1센트까지 긁어가지 않으면 흡족해하지 않았습니다. 하지만 6달러를 바치면 간혹 나를 북돋아 주려 6센트를 떼어주곤 했습니다. 그것은 오히려 역효과를 불러일으켰습니다. 내가 이 돈 전체에 대한 권리를 갖고 있다는 것을 그도 인정한다고 느껴졌으니까요. 내 임금 일부를 내게 돌려주었다는 사실은, 내가 그 돈 전체에 대한 권리가 있음을 인정한단 증거였지요. 나는 뭔가를 받으면 늘 마음이 더 불편했습니다. 내게 몇 푼 쥐어 주는 것으로 그가 양심의 가책을 덜고 자신이 자못 존경받을 만한 강도라고 느끼게 될까 두려웠지요. 불만은 점점 쌓여 갔습니다. 나는 쉼 없이 탈출 방법을 모색했고, 직접적인 통로를 찾지 못하자 탈출에 필요한 돈을 벌기 위해, 개인적으로 일할 시간을 돈을 내고 빌리기로 마음먹었습니다.

1838년 봄, 토마스 얼드 주인이 봄에 필요한 상품을 사러 볼티모어에 왔을 때였습니다. 기회를 틈타 그에게 요청했습니다. 돈을 벌 테니 나만의 개인적인 시간을 허락해 달라고. 그는 단칼에 내 요청을 거절하면서, 또 도망치려 술수를 부린다고 꼬집었습니다. 그러면서 나는 어디도 갈 수 없고, 어디를 간다 해도 자신이 찾아낼 것이며, 도망치면 온갖 수단을 동원해 잡을 거라고 했습니다. 현실에 만족하고 순종하라 권하면서, 행복하고자 한다면 미래 계획을 세우지 말아야 한다고 했습니다. 처신만 잘하면 나를 돌봐주겠다고도 했지요. 사실상 그는 내게 미래에 대해 눈곱만큼도 생각하지 말라고 조언했고, 행복하려면 자신에게만 의지하면 된다고 타일렀습니다. 노예생활에 만족하기 위해 지적인 본성을 억누르는 것이 절실하다는 걸다 꿰뚫고 있는 듯했지요. 그의 조언에도 불구하고, 심지어 스스로도 그렇게 해보려 했건만, 나는 생각을 멈출 수가 없었습니다. 내가 노예인 것은 부당했습니다. 나는 도망칠 방법을 끊임없이 고심했습니다.

그로부터 약 두 달 뒤, 휴 주인에게 나는 개인적으로 시간을 빌릴 수 있는 혜택을 요청했습니다. 내가 토마스 주인에게 요청했다가 거절당한 사실을 그는 알지 못했습니다. 그도 처음에는 거절하려 들었습니다. 그런데 잠시 생각해 보더니, 다음 조건을 달면서 허락해 주었습니다. '나는 언제든 내 시간 전부를 사용할 수 있으며, 고용주들과 스스로 계약을 맺고 스스로 일자리를 구한다. 이러한 자유를 주는 대가로 매주 마지막 날 그에게 3달러를 지불한다. 코킹 도구 및 숙식비와 의복비도 스스로 구한다.' 숙식비는 일주일에 2달러 50센트였습니다. 옷과 코킹 도구들이 해지는 것을 감안하더라도 전부 합쳐 매주 6달러가 정기적으로 들었지요. 이 액수를 채우되, 그렇지 않으면 시간을 빌리는 혜택을 포기해야 했습니다. 분명 주인에게 유리한 계약이었습니다. 그는 나를 돌봐야 하는 수고를 모두 덜면서, 돈은 어김없이 챙기게 됩니다. 노예주로서의 이득은 빠짐없이 누리면서, 노예주가 져야 하는 흠결은 덜 수 있었지요. 반면 나는 노예로서의 부당한 점은 모조리 견디면서도, 자유인에게 부과되는 걱정과 염려는 전부 떠안게 되었습니다. 괴로운 거래란 걸 나는 알았습니다. 그러나 괴롭더라도 이전 방식보다는 낫다고 보았죠. 자유인으로서 책임을 지도록 허락받았다는 것은, 자유를 향해 내딛는 한 걸음이었고, 나는 그것을 감수할 작정이었습니다.

나는 돈 버는 일에 매달렸습니다. 밤이나 낮이나 일할 태세였고, 지치지 않는 끈기와 부지런함으로 비용을 충당하고도 매주 돈을 조금씩 모을 수 있었지요. 5월부터 지속됐던 이 일은 8

월 어느 날 중단되었습니다. 철회된 이유는, 어느 토요일 밤 주급을 내지 못했기 때문이었지요. 볼티모어에서 10마일 정도 떨어진 캠프 모임에 참여하는 바람에 생긴 일이었습니다. 나는 젊은 친구들과 그 주 토요일 이른 저녁 볼티모어에서 출발해 캠프장에 가기로 주중에 약속을 해 두었습니다. 그런데 나를 고용한 주인의 일이 늦어지는 바람에 모임에 가게 되면 휴 주인을 만날 틈이 없었지요. 휴 주인은 그날 밤 특별히 돈이 필요한 것도 아니었습니다. 그래서 나는 캠프 모임에 참여하기로 했고, 캠프에서 돌아와 그에게 3달러를 줄 작정이었습니다. 출발할 때 계획했던 것보다 하루 더 캠프에 머물렀지만, 돌아오자마자 휴 주인을 찾아가 그가 제 몫이라 여기는 돈을 냈습니다. 그는 몹시 화가 나 있었고 분노를 참기 어려워 보였습니다. 심한 매질을 하고 싶은 마음이 굴뚝같다고 했습니다. 어떻게 감히 허락도 없이 도시를 나갈 생각을 했는지 알고 싶다면서요. 나는 내 시간을 샀고, 그가 요구한 금액을 지불하고 있는데, 언제 어디를 갈지 따로 허락받아야 하는지 몰랐다고 말했지요. 이 대답은 그를 곤혹스럽게 했습니다. 그는 잠시 생각한 뒤, 앞으로는 개인적으로 시간을 쓸 수 없다고, 그러다 다음에 듣게 될 소식은 내가 도망갔다는 것일 수도 있겠다고 했습니다. 그런 이유로 코킹 도구와 옷을 당장 집으로 가져오라 했지요. 나는 그 말을 따랐습니다. 그렇지만 개인 시간이 있을 때처럼 스스로 일을 구하는 대신, 일주일 내내 손 하나 까딱 안 하고 빈둥거렸습니다. 내 나름으로 앙갚음하려 한 것이었지요. 토요일 저녁, 그는 평소처럼 그 주의 임금을 달라고 했습니다. 나는 그 주에 일을 안 해서 돈이 없다고 답했지요. 이제 우리는 서로 치고받을 일촉즉발의 순간이었습니다. 그는 채찍질하겠다며 고래고래 소리를 질렀습니다. 나는 한마디도 하지 않았지요. 하지만 그가 내게 손을 대면 맞은 만큼 되갚아 줄 작정이었습니다. 그는 나를 때리지는 않았습니다. 다만 앞으로는 고용 일자리를 구하는 편이 좋을 거라고 했지요.

다음날인 일요일 내내 나는 이 문제에 대해 고심했고, 마침내 자유를 향한 두 번째 시도를 결행할 날을 9월 3일로 잡았습니다. 앞으로 3주간 여행 준비를 하기로 했지요. 월요일 아침 일찍, 휴 주인이 내 일자리를 찾아내기 전에, 나는 부리나케 시티블록이라 불리는 도개교 근처의 버틀러 씨 조선소에서 일하기로 계약을 맺었습니다. 이로써 휴 주인은 내 일터를 따로 찾을 필요가 없었습니다. 그 주 마지막 날, 나는 8~9달러를 그에게 내밀었습니다. 그는 몹시 반색하면서 지난주에는 왜 이렇게 하지 않았냐고 물었습니다. 그는 내 계획을 짐작조차 하지 못했지요. 내가 꾸준히 일하는 목적은 내가 도망치리란 의심을 사지 않는 데 있었고, 계획은 제대로 맞아떨어졌습니다. 내가 탈주를 도모하는 바로 그 시간 동안, 주인은 내가 현실에 더없이 만족하고 있다고 여겼던 듯싶습니다. 두 번째 주가 흘러 갔습니다. 나는 임금을 전부 가져다주었습니다. 퍽 기쁜 나머지 그는 내게 25센트를 주었습니다. (노예주가 노예에게 주는 액수로는 꽤 큰 금액이었습니다.) 그는 그것을 좋은 데 쓰라며 격려했고, 나는 그러겠다고 답했지요.

표면적으로는 일이 물 흐르듯이 진행되었지만, 심적으로는 걸림돌이 있었습니다. 결심한 날이 다가올수록 내 마음이 어땠는지 표현하기 어렵습니다. 볼티모어에는 마음 따뜻한 친구들이 많았습니다. 그 친구들은 내가 목숨처럼 사랑하는 친구들이었죠. 그들과 영영 헤어져야 한다는 생각은 말로 하기 어려운 고통이었습니다. 친구들과 단단히 엮인 강한 애정의 끈만 아니라면, 아마 수천의 노예들이 진작에 달아났을 것입니다. 친구들을 남겨 두고 떠난다는 것은 내가 싸워야 하는 가장 가슴 아린 부분이었습니다. 그들에 대한 사랑이 내 약점이었고, 무엇보다 내 결심을 뿌리째 흔들었습니다. 이별의 아픔 외에, 실패에 대한 두려움과 걱정이 첫 시도 때보다 컸습니다. 이번에도 실패한다면 희망은 완전히 사라질 게 뻔했지요. 내 운명이 영원히 노예로 각인될 터였습니다. 가혹한 형벌을 피하리란 희망 따윈 결코 품을 수 없었지요. 이후로는 도주에 성공할 가능성도 없을 터였습니다. 실패할 경우 닥칠 살풍경한 장면을 떠올리는 데는 굳이 생생한 상상력이 필요하지도 않았습니다. 노예 생활의 처참함과 자유의 축복이 번갈아 내 앞에 나타났습니다. 사느냐 죽느냐의 문제였죠. 그러나 나는 흔들리지 않았고, 결심한 대로 1838년 9월 3일 쇠사슬을 끊고 무사히 뉴욕에 입성했습니다. 어떻게 그리했는지, 즉 어떤 방법을 썼고, 어느 방향으로 이동했으며, 어느 교통수단을 활용했는지 등은 앞서 말한 이유로 설명하지 않은 채로 남겨 두겠습니다.

자유 주(州)에 도착했을 때, 어떤 느낌이었냐는 질문을 종종 받습니다. 이제껏 그 질문에 스스로 만족할 만한 답을 찾기가 어려웠습니다. 그것은 내가 이제껏 경험해 본 중 최고로 흥분된 순간이었습니다. 무기 없는 뱃사람이 해적한테 쫓기다 친절한 군함에 구조됐을 때의 느낌에 비견할 수 있을까요. 뉴욕에 도착하자마자 친한 친구에게 보낸 편지에 이렇게 썼습니다. 굶주린 사자들 소굴에서 빠져나온 사람처럼 느껴진다고.

그러나 이런 마음 상태는 곧 가라앉았습니다. 끝 모를 불안과 외로움이 나를 사로잡았습니다. 다시 잡혀가 노예로서 온갖 고문을 당할 위험이 여전히 도사리고 있었으니까요. 이것만으로도 열정에 찬물을 끼얹기 충분했는데, 그런 와중에 외로움이 나를 집어삼켰습니다.

수많은 사람들 속에 있었지만, 나는 철저히 이방인이었습니다. 집도 없고 친구도 없었으며, 하나님의 자식인 형제들 가운데 있었으나 누구에게도 내 서글픈 처지를 감히 털어놓을 수가 없었지요. 털어놓아선 안 되는 사람일지 몰라 누군가에게 말 걸기도 겁났습니다. 행여 돈에 눈먼 납치범 손에 붙잡힐까 두려웠습니다. 납치범은 숲속에서 먹잇감을 노리는 맹수처럼 잠복한 채, 허겁지겁 달아나는 도망자를 기다리고 있었지요. 노예 생활로부터 빠져나오며 다짐한 내 좌우명은 "아무도 믿지 마라!"였습니다. 모든 백인들에게서 적을, 흑인들에게서 불신의 이유를 보았습니다. 너무나 쓰라린 상황이었습니다. 그 마음을 이해하려면, 같은 일을 경험해 보든지, 비슷한 처지에 있다 상상해 보는 수밖에 없습니다.

우선 낯선 땅에 떨어진 도망친 노예가 있다고 합시다. 그 땅은 노예주에게 사냥터로 내준 땅이고, 땅의 거주민은 합법적인 납치범입니다. 거기서 그는 매 순간 누군가에게 붙잡힐 수도 있는 참담한 처지입니다. 마치 흉물스런 악어가 먹이를 물어 버리듯이! 더구나 그런 그가 다음과 같은 상황에 처해 있다고 해 봅시다. 집도 친구도 없고, 돈도 믿을 데도 없습니다. 잠잘 곳도 없으며 누구도 나를 재워주지 않습니다. 빵도 없고 빵을 살 돈도 없으며, 동시에 악독한 인간 사냥꾼한테 쫓기고 있습니다. 뭘 해야 할지, 어디로 가고, 어디에 머물러야 할지 도무지 모른 채 칠흑 어둠 속에 갇혀 있습니다. 방어할 방법이나 도망칠 방법에 대해서도 전연 무지하지요. 풍요 한가운데 있으나 처절한 굶주림에 내몰립니다. 많은 집 한가운데 있으나 어디고 내 집은 없습니다. 사람들 사이에 있으나 굶주린 채 떠는 도망자를 삼키려는 야수들 사이에 있는 것과 같습니다. 그들의 탐욕은 심연의 바다 괴물이 힘없는 물고기들을 삼키려는 것과 같지요. 내가 처한 이 고통스런 상황에 그를 대입해 봅시다. 그러면 비로소 고생에 지치고 겁에 질린 도망 노예의 고통을 온전히 이해하고 공감할 수 있을 것입니다.

신께 감사하게도 괴로운 상황은 오래 가지 않았습니다. 자유 흑인인 데이빗 러글스 씨*가 인정 어린 손을 내밀어 준 덕분에 궁지에서 벗어나게 됐지요. 그가 보인 조심성과 친절함, 인내심을 나는 결코 잊지 못할 것입니다. 그에게 느낀 애정과 감사를 글로나마 표현할 기회를 갖게 되어 기쁩니다. 러글스 씨는 이제 노안으로 침침한 눈 때문에 어려움을 겪고 있습니다. 그래서 한때 그가 다른 이를 위해 앞장섰던 것과 같은 자상한 도움을 필요로 하고 있습니다. 내가 뉴욕에 온 지 불과 며칠 만에 러글스 씨가 찾아왔습니다. 그는 친절하게도 자신의 하숙집으로 나를 데려갔지요. 하숙집은 처치 거리와 레스페르나드 거리 모퉁이에 있었습니다. 러글스 씨는 그때 그 유명한 다그 사건**에 깊이 연루되어 있었고, 수많은 도망 노예의 성공적인 도

* 데이빗 러글스(David Ruggles, 1810~1849) : 코넷티컷에서 자유 흑인 부모에게서 태어난 러글스는 선원, 식료품 상인, 인쇄업자로 일하다 자신의 집을 노예제도 반대 서적을 파는 상점이자, 흑인 백인 노예제도 폐지론자들의 만남의 장소로 썼다. 1837년까지 러글스와 그의 동지들은 이미 노예 생활에서 탈출한 335명 이상의 아프리카계 미국인을 도왔고, 그중 한 명이 프레더릭 더글러스였다.
** 다그 사건은 1838년 버지니아인 존 P. 다그(John P. Darg)가 자신의 노예인 토마스 휴즈에게 자유를 주려고 러글스가 협상을 시도했다며, 러글스를 감옥에 집어넣은 사건이다. 당시 토마스 휴즈는 전 주인의 돈 수천 달러를 가지고 뉴욕으로 도망쳤었다.

노예의 삶, 인간의 목소리

주를 위해 수단과 방법을 강구하는 중이었습니다. 그의 적들이 사방에서 그를 예의주시하며 에워싸고 있었지만, 그는 그들이 상대하기엔 버거운, 그릇이 큰 인물이었습니다.

러글스 씨와 머문지 얼마 안 되었을 때, 그는 내게 어디로 가고 싶은지 물었습니다. 뉴욕에 남는 건 안전하지 않다고 본 것이죠. 나는 배 바닥의 틈새를 메우던 코커였으니, 코커 일자리를 얻을 수 있는 곳으로 가고 싶다 말했습니다. 나는 캐나다로 갈 작정이었는데, 그는 반대하며 뉴베드퍼드가 좋겠다고 했습니다. 거기서 코커 일거리를 찾을 수 있을 거라면서요. 이때 약혼녀인 애나*가 당도했습니다. 뉴욕에 도착하자마자 나는 그녀에게 편지를 보냈었습니다.(가정도 집도 없고, 도움을 받지도 못하는 처지였지만) 그녀에게 내가 성공적으로 도주했다는 것을 알리면서, 그녀가 당장 뉴욕으로 오길 바랐습니다. 그녀가 도착한 며칠 뒤, 러글스 씨는 J. W. C. 페닝턴 목사를 찾아갔습니다. 러글스 씨와 마이클스 여사, 그밖에 두세 명의 사람들이 보는 앞에서 목사는 우리 결혼식을 거행하고 결혼증명서를 주었습니

---

* [원주] 그녀는 자유인이었다.

다. 중명서는 다음과 같습니다.

"이 문서는 데이빗 러글스 씨와 마이클스 여사가 증인으로 참석한 가운데, 프레더릭 존슨*과 애나 머레이가 남편과 아내로서 신성한 결혼으로 맺어졌음을 증명한다.

제임스 W. C. 페닝턴

1838년 9월 15일, 뉴욕."

이 중명서와 러글스 씨로부터 5달러짜리 지폐를 받은 뒤, 나는 짐 하나를 어깨에 지고, 애나는 다른 짐을 들었습니다. 우리는 뉴베드퍼드로 길을 나섰습니다. 우선 중간 도착지인 뉴포트행 증기선 존 W. 리치몬드에 탑승하려 곧장 출발했습니다. 러글스 씨는 내게 뉴포트에 있는 쇼 씨에게 건넬 편지를 주면서, 도중에 돈이 떨어지면 뉴포트의 쇼 씨에게 들러 도움을 받

---

* [원주] 나는 이름을 프레더릭 베일리(Bailey)에서 프레더릭 존슨(Johnson)으로 바꿨었다.

으라고 했습니다. 하지만 뉴포트에 도착하자 우리는 안전한 장소로 서둘러 가고 싶어졌습니다. 그래서 요금 낼 돈이 없었음에도 마차 좌석을 구하고, 뉴베드퍼드에 도착해 삯을 지불하기로 약속했지요. 이런 모험을 감행할 수 있었던 것은 훌륭한 두 신사의 격려 덕분이었습니다. 뉴베드퍼드에 사는 사람들로, 나중에 알고 보니 조셉 리켓손과 윌리엄 C. 테이버라는 사람들이었죠. 그들은 우리 처지를 단박에 이해한 듯했습니다. 그들과의 동행에 안심할 정도로, 우리는 그들의 배려를 신뢰하게 되었습니다.

힘든 시기에 좋은 친구들을 만난 건 진정 행운이었습니다. 뉴베드퍼드에 도착하자, 우리는 자유 흑인인 네이슨 존슨 씨[*] 집으로 안내받았는데 그는 우리를 친절히 맞아주고 융숭히 대접해주었습니다. 존슨 씨 부부는 우리가 편안한지 일일이 깊은 관심을 기울였습니다. 그들은 폐지론자란 명칭에 참으로 어울리는 사람들이었습니다. 마부는 우리가 요금을 당장 지불할

---

[*] 네이슨 존슨(Nathan Johnson, 1797~1880) : 자유 흑인으로, 도망 노예들을 위해 쉼터를 제공한 폐지론자이다. 젊은 시절 돈을 지불하고 자유를 얻었다는 주장이 있으며, 매사추세츠 뉴베드포드에서 성공한 사업가였다.

수 없는 걸 알아채고, 담보로 우리 짐을 잡고 있었는데, 존슨 씨는 그 사실을 듣자마자 즉시 돈을 내주었습니다.

이제 우리는 어느 정도 안전하다 느꼈고, 자유로운 삶에 대한 의무와 책임을 받아들일 채비를 했습니다. 우리가 뉴베드퍼드에 도착한 이튿날 아침, 식사 도중 내가 어떤 이름을 쓰면 좋을지에 대한 논의가 이루어졌습니다. 내 어머니가 지어준 이름은 "프레더릭 어거스터스 워싱톤 베일리"였습니다. 메릴랜드를 떠나기 오래전, 난 중간 이름 두 개를 뺐고 "프레더릭 베일리"라는 이름으로 두루 알려졌지요. 볼티모어를 떠나면서는 "스탠리"라는 이름을 썼습니다. 뉴욕에 와서는 "프레더릭 존슨"이 되었고, 이게 마지막 이름이 될 거라 믿었습니다.

그런데 뉴베드퍼드에 도착하자 이름을 재차 바꿔야 할 필요가 있었습니다. 뉴베드퍼드에는 존슨이 너무 많아서 서로 구분하기 어려웠거든요. 나는 존슨 씨에게 이름을 지어달라 부탁하면서, 다만 "프레더릭"이란 이름은 그대로 두겠다고 했습니다. 내 정체성을 지키기 위해 그 이름은 고수해야 했지요. 마침 『호수의 여인』이란 책을 읽고 있던 존슨 씨는 단번에 "더글러스"를 제안했습니다. 그날부터 지금까지 나는 "프레더릭 더글러스"로 불려왔습니다. 앞선 이름보다 더글러스로 많이 알려졌으니 계속해서 그 이름을 사용할 것입니다.

　뉴베드퍼드의 모습은 전반적으로 나의 예상을 여지없이 무너뜨렸습니다. 북부 사람들의 성격과 형편에 대해 내가 가졌던 인상이 현저히 잘못됐다는 걸 알게 되었지요. 참으로 기이하게도, 노예였을 때 나는, 남부 노예주들에 비해 북부 사람들은 생활의 안락함과 사치를 별로 누리지 못할 거라 예상했습니다. 어쩌면 노예를 소유하지 않으니 그러리라 결론지었던 듯싶습니다. 그들이 노예가 없는 남부 사람들과 비슷한 수준일 거라 여겼습니다. **그들이** 극심한 가난에 시달린다고 알고 있었고, 노예주가 아니므로 빈곤이 당연하다는 생각에 익숙했습니다. 노예가 없다면 부유함도, 세련됨도 없다는 의견을 은연중에 받아들인 것이죠. 북부에서 거칠고 투박한 손과 교양 없는 사람들을 만나리라 예상했고, 스파르타식 소박함으로 살고 있으리라 추측했습니다. 남부 노예주들이 누리는 안락과 사치, 화려함과 웅장함을 전혀 모르리라 짐작했지요. 이렇게 추측하고 있었으므로, 뉴베드퍼드의 모습을 아는 사람이라면, 내가 얼마나 어처구니없는 오해를 했던가 깨닫게 된 당시 상황을 쉽게 예상할 수 있을 것입니다.

　뉴베드퍼드에 도착한 날 오후, 나는 선박을 보러 부두를 방

프레더릭 더글러스 동상

문했습니다. 여기서 북부가 유복하다는 증거를 조목조목 찾아냈습니다. 부두에 정박해 있거나 물 위에 떠 있는 배들은 모두 최고 모델, 최상 상태, 최대 크기를 자랑했습니다. 양쪽으로 늘어선 넓은 화강암 창고 안은 생필품과 편의용품으로 가득 차 있었습니다. 더구나 많은 사람들이 일에 열중하고 있었는데, 볼티모어에서 경험했던 것과 비교하면 퍽 차분히 일하고 있었지요. 배에 짐을 싣고 부리는 일꾼들의 와자지껄한 노랫소리가 들리지 않았습니다. 일꾼들에게 퍼붓는 거친 욕지기나 표독한 저주도 들리지 않았고요. 채찍질하는 사람도 없었습니다. 그럼에도 모든 게 원활하게 흘러가는 것 같았지요. 모두 제 일을 이해하고, 진지하면서도 쾌활한 열정으로 일에 몰두하고 있었습니다. 자신이 하는 일에 깊은 흥미를 지니고, 인간으로서 존엄성을 느끼고 있다는 게 느껴졌지요. 이 광경은 내게 무척이나 기묘해 보였습니다. 부두부터 마을까지 산책하면서, 웅장한 교회, 아름다운 집과 깔끔히 가꿔진 정원을 감탄과 경이에 차 바라보았습니다. 노예제도가 있는 메릴랜드 어디서도 본 적 없는 부와 안락, 취향, 세련미가 엿보였습니다.

모든 것이 깨끗하고 새롭고 아름다워 보였습니다. 가난에 찌든 주민이 들어찬 추레한 집은 거의, 아니 아예 보지 못했습니다. 힐즈버러, 이스턴, 세인트 마이클스, 볼티모어에서 흔히 마주쳤던, 반쯤 헐벗은 아이들과 맨발의 여자들도 안 보였지요. 메릴랜드 사람들보다 능력 있고 힘차며 건강하고 행복해 보였습니다. 이번만은 지독한 가난을 봐야 하는 쓰라림 없이 기꺼운 마음으로 막대한 부를 접할 수 있었습니다. 그중에서도 내게 진정 놀랍고 흥미로웠던 것은 흑인들이 사는 모습이었습니다. 그들 중 많은 이가 나처럼 인간 사냥꾼에 쫓겨 이곳으로 도망쳐 왔는데, 속박에서 벗어난 지 채 7년도 안 된 사람들이 메릴랜드의 평범한 노예주보다 좋은 집에 살고 안락한 삶을 영위하는 것을 똑똑히 보았습니다. 감히 주장하건대, 내 흑인 친구인 네이슨 존슨 씨는 (그에 대해 나는 감사의 마음으로 이렇게 말할 수 있습니다. "내가 주릴 때 그가 먹을 것을 주었고, 목마를 때에 마시게 하였고, 나그네 되었을 때에 영접하였다."*) 메릴랜드 탤봇카운티의 노예주 열에 아홉보다 더 깔끔한 집에 살면서, 더 좋은 식탁에서 밥을 먹었고, 더 많은 신문을 읽었습니다. 그래서인지 국가의 윤리적, 종교적, 정치적 성향을 남부 노예주들보다 잘 이해하고 있었지

* 마태복음 25:35.

요. 그러나 존슨 씨는 노동하는 사람이었습니다. 손은 노동으로 거칠었고, 그의 아내의 손도 마찬가지였습니다.

흑인들은 예상보다 훨씬 활기찼습니다. 어떤 위험이 있더라도 피에 굶주린 납치자들로부터 서로를 보호하겠다는 투지가 있었지요. 이곳에 도착하고 얼마 안 되어, 그들의 정신을 잘 보여주는 한 사건에 대해 듣게 되었습니다. 한 자유 흑인과 도망 중인 노예가 있었는데, 사이가 좋지 않았습니다. 자유 흑인은 도망 노예에게 그가 어디 있는지 주인에게 알리겠다고 협박했습니다. 즉각 "중요 사안!"이란 공지가 돌고 흑인들 사이에 회의가 열렸습니다. 배신자도 참석하도록 초대받았지요. 사람들은 정해진 시간에 모였고 신앙심 깊은 노신사를 회장으로 추대하여 회의를 조직했습니다. 기도를 마친 노신사는 모인 이들에게 말했습니다. **"여보게들, 우린 여기 그를 붙잡아 놨네. 자네 젊은이들이 당장 그를 문밖으로 끌어내 죽이게!"** 동시에 많은 이들이 배신자에게 달려들었습니다. 그때 다소 용기가 부족한 사람들이 끼어드는 바람에 배신자는 달아났고, 그 뒤로 두 번 다시 뉴베드퍼드에 나타나지 않았습니다. 이후로 그런 협박은 일절 없었고, 앞으로 그런 일이 생긴다면 대가는 두말 없이 죽음일 테지요.

나는 뉴베드퍼드에 온 지 사흘 만에 일자리를 얻었습니다. 범선에 기름을 가득 채우는 일이었지요. 물론 생소하고 더럽고 힘든 일이었습니다. 그러나 달가운 마음과 기꺼운 손으로 일에 전념했습니다. 나는 이제 나 자신의 주인이었습니다. 그것은 노예였던 사람만이 이해할 수 있는 행복한 순간이었습니다. 내가 한 일에 대해 온전한 대가를 받는 첫 일자리였지요. 돈을 버는 순간, 돈을 갈취하려 앞에 버티고 섰던 휴 주인은 없었습니다. 전에는 경험해 본 적 없는 기쁨을 안고 그날 일을 했지요. 나 자신과 결혼한 내 아내를 위해 일하고 있었습니다. 그것은 내게 새로운 존재로서의 시작점이었습니다. 일을 마친 뒤에는 코킹 일을 구하러 다녔습니다. 그렇지만 백인 코커들 사이에 흑인에 대한 강한 편견이 자리 잡고 있었습니다. 그들은 나와 일하기를 거부했으며, 당연히 나는 일자리를 구하지 못했지요.* 내 기술에 맞는 일자리를 당장은 구할 수 없다는 걸 알고, 나는 코킹 작업복을 벗어 던졌습니다. 할 수 있는 일이라

---

* [원주] 반노예제(anti-slavery) 운동의 결실로 이제는 뉴베드퍼드에서 흑인들도 코킹에 종사할 수 있다고 한다.

면 가리지 않고 달려들었지요. 존슨 씨는 친절하게도 목공 작업판과 톱을 빌려주었고, 나는 곧 많은 일거리를 얻게 되었습니다. 내게는 너무 힘든 일도, 너무 더러운 일도 없었지요. 나무를 톱질하고 삽으로 석탄을 뜨고 목재를 날랐으며 굴뚝을 청소하거나 기름통을 굴렸습니다. 반노예제 운동의 세계에 알려지기 전까지, 나는 약 3년간 뉴베드퍼드에서 닥치는 대로 일했습니다.

뉴베드퍼드로 간 지 4개월쯤 됐을 때, 한 청년이 내게 오더니 『해방자(Liberator)』를 구독하지 않겠냐고 물었습니다. 나는 그러고 싶었지만 막 노예 생활에서 탈출한 터라 돈을 낼 수 없었습니다. 그러나 결국은 구독자가 되었습니다. 신문이 도착하자 나는 매주 그것을 읽으며 설명하기 어려운 감정을 느꼈습니다. 그 신문은 내 양식이고 내 음료였습니다. 내 영혼은 활활 불타올랐지요. 속박에 매인 형제들에 대한 연민, 노예주에 대한 예리한 비판, 노예제도에 대한 충실한 폭로, 노예제도 지지자들에 대한 맹렬한 공격은 내 영혼에 일찍이 느껴본 적 없는 감격스런 전율을 불러일으켰습니다.

『해방자』를 구독한 지 얼마 안 돼, 나는 반노예제 개혁의 신조, 정책, 정신에 대해 사뭇 정확히 이해하게 되었습니다. 그대의를 적극적으로 받아들였지요. 내가 할 수 있는 일은 미미했으나, 할 수만 있다면 기꺼운 마음으로 임했습니다. 반노예제 모임에 참가할 때만큼 행복한 일도 없었지요. 모임에서 나는 말할 일이 별로 없었습니다. 내가 하고 싶은 말은 이미 다른 사람들이 훨씬 훌륭하게 말했으니까요. 그러나 1841년 8월 11일, 낸터킷에서 열린 반노예제 대회에 참여하는 동안, 나는 몹시 말하고 싶은 충동을 느꼈습니다. 동시에 윌리엄 C. 코핀 씨도 힘차게 격려해 주었지요. 코핀 씨는 뉴베드퍼드에서 흑인 모임 때 내 연설을 들은 적이 있었습니다. 그러나 연단에 서는 것은 고통의 십자가였고, 나는 마지못해 그 십자가를 등에 짊어졌습니다. 사실 나는 나 자신을 여전히 노예라고 느끼고 있었습니다. 백인들 앞에서 연설한다는 생각에 주눅이 들었지요. 그렇지만 연설을 시작한 지 불과 몇 분도 채 안 돼, 어느 정도 자유를 느꼈고, 금세 편안하게 하고 싶은 말을 할 수 있었습니다. 그날부터 지금까지 나는 내 형제들의 대의를 지지하는 일을 해 왔습니다. 얼마나 성공적이고, 얼마나 헌신하고 있는지는, 내 노고를 아는 이들이 판단할 것입니다.

노예제도를 옹호하는
미국의 기독교에 대하여

앞선 이야기를 읽어 보니, 종교에 관한 몇몇 부분에 나타난 어조나 태도가 내 종교관을 잘 모르는 사람이라면, 자칫 나를 모든 종교에 반대하는 사람으로 오해할 수 있겠다는 우려가 듭니다. 그런 오해가 없도록 짧게나마 설명을 덧붙이는 게 온당할 듯합니다.

내가 종교에 관해, 또 종교에 반(反)해 말한 것은, 엄밀히 말해서 이 땅의 **노예제도를 옹호하는 종교**에 적용되는 것이지 올바른 기독교를 이름은 아닙니다. 나는 이 땅의 기독교와 예수의 기독교 사이에 현격한 차이가 있다는 것을 알게 되었습니다. 차이가 너무나 현저한 나머지, 하나를 좋고 순수하며 성스러운 것으로 받아들인다면, 다른 하나는 나쁘고 부패했으며 사악한 것으로 물리쳐야만 합니다. 하나를 친구로 삼는다면, 당연히 다른 것은 적으로 삼아야 하지요. 나는 순수하고 평화로우며 공정한 예수의 기독교를 사랑합니다. 따라서 부패하고 노예제도를 옹호하며, 여성을 채찍질하고, 요람을 약탈하며, 편파적이고 위선적인 이 땅의 기독교를 증오합니다. 실로 이 땅의 종교를 기독교라 부르는 것처럼 위선적인 것은 없습니다. 그것은 너무도 어긋난 이름을 붙인 것으로 거대한 속임수이자 심대한 명예훼손입니다. 이보다 "악마를 섬기기 위해 천국 궁정의 옷을 훔친"* 더 명백한 사례도 볼 수 없을 것입니다. 종교적 화려함과 허세, 종교를 둘러싼 무참한 모순을 생각할 때 말하기 어려운 혐오감에 몸서리쳐집니다.

우리는 인간 납치범을 목사로 두고, 여성을 채찍질하는 자를 선교사라 하며, 요람을 약탈하는 자들을 교회 성도라 부르고 있습니다. 주중에는 피맺힌 소가죽 채찍을 휘두르는 사람이 일요일에는 설교단에 올라 온순하고 겸손한 예수님의 목사라 주장합니다. 매주 마지막 날 내 임금을 갈취하는 사람이 일요일 아침에는 교회 구역장이 되어 내게 삶의 길과 구원의 길을 보여주려 합니다. 내 여동생을 팔아 매춘을 조장하는 이가 순결에 대한 경건한 옹호자로 나섭니다. 성경을 읽는 것이 종

---

* 로버트 폴록(Robert Pollok:1798~1827)의 『시간의 흐름(The Course of Time)』 제8권 616행.

교적 의무라 주장하는 자가, 나를 창조하신 하나님의 이름을 읽고자 글을 배우려는 권리를 앗아갑니다. 결혼에 대해 종교적으로 옹호하는 자가 수백만 사람들에게 결혼의 신성함을 뺏고 그들을 간통과 성폭력의 피해자로 만듭니다. 가족의 신성함에 대한 따뜻한 수호자라는 자가 가족들을 뿔뿔이 흩어지게 합니다. 남편과 부인, 부모와 자식, 형제와 자매를 떼어 놓아 오두막을 텅 비게 하고 화덕을 황량하게 합니다. 도둑이 도둑질하지 말라 설교하고, 간통하는 자가 간통하지 말라 설교합니다. 교회를 짓는다며 남자들을 팔고, 복음을 지원하겠다며 여자들을 팔며, **가난한 이교도**를 위한 성경을 구입한다며 아기들을 팝니다! **이 모든 것이 신의 영광과 인간 영혼을 위해서라고 합니다!** 노예 경매 종소리와 교회 종소리가 동시에 울리고, 가슴이 미어지는 노예의 비통한 울음소리가 경건한 주인의 종교적 외침에 파묻힙니다. 종교 부흥과 노예무역 부흥이 손 맞잡고 나아갑니다. 노예 감옥과 교회는 매우 가깝습니다. 감옥 안 족쇄의 철컥 소리, 쇠사슬 흔들리는 소리가 교회 안 경건한 찬양, 엄숙한 기도 소리와 동시에 들려옵니다. 사람의 몸과 영혼을 거래하는 자가 목회자와 함께 판을 벌이고 서로 돕습니다. 인간 판매상이 피 묻은 황금을 목회자에게 넘기고, 목회자는 보답으로 악독한 사업을 기독교의 외투로 덮어줍니다. 여기서 우리는 종교와 강도가 동맹 맺는 것을 봅니다. 천사 옷 두른 악마들, 천국 외관을 띤 지옥을 봅니다.

"정의로운 하나님! 이들이 바로
당신 제단에서 봉사하는 자들입니다, 올바르신 하나님!
기도와 축복으로 자신의 손을
이스라엘 빛의 언약궤에 얹는 자들입니다.

무슨 소리! 설교하며 사람을 납치한다고요?
감사하며 당신의 고통받는 불쌍한 백성을 약탈한다고요?
당신의 영광스런 자유를 말하며
포로 가둔 문에 빗장을 굳게 지른다고요?

무슨 소리! 당신의 자비로운 아들의 종들이,
집 없는 자와 버림 받은 자를 찾아 오신
그들을 구원하러 오신 분, 그분의 종들이
노역에 치이고 약탈당한 노예를 옭죄고 있다니요!

빌라도와 헤롯의 친구들!
옛날처럼 대제사장과 통치자들이 결합하다니!
정의롭고 거룩하신 하나님! 약탈자에게
힘을 실어주는 저 교회가 당신의 것입니까?"*

미국의 기독교 역시 기독교지만, 예수님께서 고대 서기관과
바리새인들에 대해 했던 비판을 그대로 적용할 수 있을지도 모
릅니다. "또 무거운 짐을 묶어 사람의 어깨에 지우되 자기는 이
것을 한 손가락으로도 움직이려 하지 아니하며 그들의 모든 행
위를 사람에게 보이고자 하나니, ―잔치의 윗자리와 회당의 높
은 자리와 … 사람에게 랍비라 칭함을 받는 것을 좋아하느니
라.―화 있을진저. 외식(外飾)**하는 서기관들과 바리새인들이
여, 너희는 천국 문을 사람들 앞에서 닫고, 너희도 들어가지 않
고, 들어가려 하는 자도 들어가지 못하게 하는도다. 너희는 과
부들의 집을 집어삼키고, 가식으로 긴 기도문을 외웠나니, 그

---

* 노예제도 반대 시인 존 그린리프 휘티어(John Greenleaf Whittier, 1807~1892)
  의 「성직자라는 이름의 억압자들(Clerical Oppressors)」이라는 시의 일부.
** 외면의 겉치레에만 신경 쓰고 꾸민다는 뜻.

리하여 너희는 더 끔찍한 지옥살이를 겪으리라. 화 있을진저.
외식하는 서기관들과 바리새인들이여, 너희는 교인 한 사람을
얻기 위하여 바다와 육지를 두루 다니다가, 생기면 너희보다
배나 더 지옥 자식이 되게 하는도다. 화 있을진저. 외식하는 서
기관들과 바리새인들이여, 너희가 박하와 회향과 근채의 십일
조는 드리되 율법의 더 중한 바 정의와 긍휼과 믿음은 버렸도
다. 그러나 이것도 행하고 저것도 버리지 말아야 할지니라. 맹
인 된 인도자여, 하루살이는 걸러내고 낙타는 삼키는도다.* 화
있을진저. 외식하는 서기관들과 바리새인들이여, 잔과 대접의
겉은 깨끗이 하되 그 안에는 탐욕과 방탕으로 가득하게 하는도
다.―화 있을진저. 외식하는 서기관들과 바리새인들이여, 회
칠한 무덤 같으니 겉으로는 아름답게 보이나 그 안에는 죽은
사람의 뼈와 모든 더러운 것이 가득하도다. 이와 같이 너희도
겉으로는 사람에게 옳게 보이되 안으로는 외식과 불법이 가득
하도다."**

---

* 작은 일에 신경 쓰느라 큰 문제는 소홀히 한다는 뜻.
** 마태복음 23:04~28.

이 모습이 어둡고 끔찍하긴 하지만, 미국에서 스스로를 기독교인이라 공언하는 대다수 사람에게 해당하는 분명한 진실이라 봅니다. 그들은 하루살이는 걸러내고 낙타는 삼킵니다. 우리 교회들에 대해 이보다 진실한 말이 있을까요? 그들은 **양**도둑이 되자는 제안에 충격을 받으면서, **사람**도둑과는 손을 잡습니다. 이 사실을 지적하면 그들은 나를 신앙심 없는 자로 낙인찍지요. 그들은 종교의 외적 형식에는 바리새인처럼 엄격함을 들이대면서도 율법, 정의, 자비, 믿음은 가벼운 문제로 치부합니다. 그들은 언제든 희생할 준비가 되어 있지만 자비를 베푸는 데는 인색합니다. 그들은 본 적도 없는 신을 사랑한다 고백하지만 눈앞에 있는 그들의 형제는 증오하지요. 그들은 지구 반대편의 이교도를 사랑하며 그를 위해 기도하고 그의 손에 성경을 쥐어주기 위해, 또 선교사들이 그를 가르치려 돈을 내지만, 문가에 있는 이교도는 완전히 무시하고 멸시합니다.

이것으로 이 나라 종교에 대한 내 입장을 간략히 정리했습니다. 오해를 피하기 위해 덧붙이면, 평소 쓰는 말과 다른 내가 말하는 "이 나라 종교"란 북부와 남부에서 자신들을 기독교 교회라 칭하면서도 말, 행동, 행위에서는 노예주들과 손잡는 종교를 의미합니다. 이들 단체들이 드러내는 종교에 맞서 증언을 하는 것이 내 의무라 느낍니다.

다음에서는 남부의 종교(이들과 연합관계이자 협력관계인 북부의 종교도 마찬가지입니다.)의 초상을 따옴으로써 이 글을 마무리짓고자 합니다. 단언컨대 이는 "삶의 진실"이며 여기에는 어떤 희화화도, 한 조각의 과장도 섞여 있지 않습니다. 이것은 지금의 반노예제 운동이 시작되기 몇 년 전, 북부 감리교 목사가 남부에 거주하는 동안 노예제도의 도덕, 예절, 경건함을 직접 목도하고 쓴 것입니다. "내가 이 일들에 대하여 벌하지 아니하겠으며, 내 마음이 이 같은 나라에 보복하지 아니하겠느냐. 여호와의 말씀이니라."[*]

패러디

성인과 죄인 들이여, 내 말 들으라
경건한 목사들이 잭과 넬을 채찍질하네

---

[*] 예레미야 5:29.

여자를 사고 아이를 팔며

모든 죄인들은 지옥에 간다고 설교하지

그리고 천국의 화합을 노래하네

그들 메에메에 울리라. 염소 같은 귀부인

검은 양 먹어 치우며 티끌에나 열중하네

그들 등은 반지르르한 검은 코트로 줄 맞추고

검둥이들의 멱살을 잡지

그리고 목을 조르나니, 천국의 화합을 위해서라네

위스키 한 모금 맛보면, 널 교회에서 쫓아내고

양 한 마리 훔치면, 널 저주하리

그러나 그들은 늙은 토니, 돌, 샘에게서

인간으로서의 권리 빼앗고, 빵과 햄을 빼앗았지

인신매매범들의 천국의 화합

그들 큰 소리로 그리스도 은혜 외치리

그리고 그의 형상* 밧줄로 묶고
고함치며 혐오스런 채찍을 휘두르네
그리고 주 안에서 그들의 형제를 팔지
쇠고랑 찬 천국의 화합

그들은 성가를 읽고 노래하리
큰 소리로 긴 기도문을 읊네
그러면서 정의를 가르치며 악을 행하지
형제 자매 군중이라 환호하면서
천국의 화합이란 말로써

우린 그런 성도들이 과연 노래할 수 있는지 궁금하네
어떻게 신을 찬양할 수 있는지 의문스러워
그들은 노예에게 고함치고 소리치며 채찍 휘두르고 찌르는데
부의 신 맘몬**에게 매달려 있는데

---

* 신의 형상으로 빚은 사람, 여기서는 흑인 노예를 말한다.
** 마태복음 6:24 "너희가 하나님과 재물(맘몬)을 겸하여 섬기지 못하느니라." 에서
　재물의 뜻으로, 물욕의 의인화된 상징이다.

죄 많은 양심의 화합 안에서

그들은 담배와 옥수수, 호밀 기르리

몰아세우고 훔치고 속이고 거짓말하며

천국에 보물 쌓아 둘 테지

회초리 만들고 채찍 날리면서

천국의 화합을 바라면서

그들 늙은 토니의 두개골을 부수리

설교하며 바산의 힘센 소*처럼 울부짖으리

아니면 꽥꽥대는 당나귀처럼 장난기 가득 채워서

늙은 야곱의 양털** 붙들어

---

* 시편 22:12에 등장하는 고대 팔레스티나의 갈릴리 호수 동북쪽 지역의 소이다. 성서에서 막강한 권세를 가지고 의로운 자를 가혹하게 다루는 사악한 세력을 비유적으로 상징한다.

** 창세기 31:6-9에 나오는 야곱의 양의 이야기를 의미한다. 야곱의 삼촌인 라반은 야곱을 속여서 품삯을 10번이나 바꾸었다. 하나님은 야곱이 정당한 품삯을 받게 하려고, 양떼의 출산에 개입한다. 라반이 점 있는 양이 야곱의 것이 될 것이라고 하면, 하나님은 온 양떼가 점 있는 양이 되게 했고, 얼룩무늬가 야곱의 것이될 것이라 하면 온 양을 얼룩무늬가 있는 양으로 만들어 주었다. 야곱이 일한

천국의 화합 위해 뽑을 테지

으르렁거리고 고함치는 날렵한 인신매매범 하나
양고기, 송아지고기, 소고기를 먹고 살았네
궁핍하여 슬픔에 젖은 흑담비 아들들에게
안도의 손길 내밀 여유 결코 없지
천국의 화합으로 이미 배가 불렀으니까

'세상을 사랑하지 말라'* 설교자는 말하고
눈살 찌푸리며 고개 내저었네
그는 톰, 딕, 네드 붙잡아
그들이 먹을 고기, 빵, 옷을 줄여버렸지
그러나 여전히 천국의 화합을 사랑했다지

대가를 정당하게 갖게 하기 위함이었다. 이 시에서는 기독교도라 칭하는 이들이
오히려 야곱의 양털의 점무늬나 얼룩무늬를 뽑아낸다고 노래하고 있다. 결국 하
나님이 내린 정당한 대가를 야곱이 가져가지 못하게 한다는 의미로, 받아야 할
정당한 품삯을 받지 못하는 노예들을 야곱에 비유하고 있다.
* 요한일서 2:15의 첫 구절로, 세속적 가치를 추구하지 말라는 의미이다.

다른 설교자 울먹이며 말했네
죄인들로 인해 마음 아픈 이 중 하나라고
그는 늙은 낸니를 떡갈나무에 묶었지
채찍질할 때마다 피가 뚝뚝 떨어졌지
그러곤 천국의 화합 위해 기도했네

다른 두 사람 무쇠 턱을 열었네
그러곤 아이 유괴하는 자신의 앞발을 흔들었지
번지르르한 곳에 제 자식들 앉히며
흑인의 등허리와 목구멍에는 인색하게 굴었지
그들은 천국의 화합을 지켰다지

또 다른 이는 잭에게서 모든 좋은 것을 빼앗았네
그러곤 바람둥이와 난봉꾼 들을 즐겁게 해주었지
그들 윤기 흐르는 뱀처럼 매끈하게 차려입고
달콤한 케이크로 입안을 채웠고
케이크는 화합을 위해 목구멍 속으로 삼켜졌다지"

진심으로 간절히 바랍니다. 이 작은 책이 미국 노예제도에 빛을 비추고 노예제도에 묶인 수백만 내 형제들이 해방되는, 그 기쁨의 날을 앞당기는 조그마한 역할을 하기를. 내 소소한 노력의 결실을 위해, 진실과 사랑, 정의의 힘에 진실로 의지하며, 그 신성한 대의를 위해 스스로 새로이, 그리고 엄숙히 맹세하며 서명합니다.

프레더릭 더글러스

1845년 4월 28일, 린(LYNN), 매사추세츠주에서

〈프레더릭 더글러스 연보〉

1818년	프레더릭 어거스터스 워싱턴 베일리(Frederick Augustus Washington Bailey)라는 이름으로 미국 메릴랜드주 이스턴 근처, 홀름 힐 농장에서 태어남. 아버지는 알 수 없으나 백인으로 추정되고 어머니는 흑인 노예였던 해리엇 베일리였음. 형제자매가 있었으나, 노예 신분으로 인해 서로 연대가 없어 남남처럼 흩어짐.
1824년	주인 아론 앤소니 집인 와이강 근처, 로이드 플랜테이션 농장에서 살게 됨.
1825년	어머니 해리엇 베일리가 1825년 말이나 1826년 초에 세상을 떠나기 전 마지막으로 그를 방문함.
1826년	볼티모어 펠스포인트 지역에 있는 휴 얼드 가족과 함께 살게 됨.
1827년	앤소니의 노예들이 그의 상속자들에게 분배됨. 프레더릭은 토마스 얼드에게 분배되고, 볼티모어의 휴 얼드 가족에게 돌아옴. 여주인인 소피아 얼드가 프레더릭에게 알파벳을 가르침. 나중에 그는 스스로 독학하여 글을 쓰고 셈하는 법을 배움.
1831년	프레더릭은 종교 개종을 하고, 베델 AME 교회에 참여하여 생애 최초로 『콜롬비아 연설가』란 책을 얻음.
1833년*	토마스 얼드와 함께 살기 위해 세인트 마이클스로 가게 됨.
1834년	"노예 조련사"인 에드워드 코비 아래서 고용 노예로서 많은 채찍질을 당하면서 한 해가 시작됨. 코비와의 싸움, 그 이후로 채찍을 맞지 않음.
1835년	고용 노예로서 윌리엄 프리랜드에게 배치됨.

---

* 이 책에서는 1832년으로 기록되어 있으나 더글러스의 착각으로 보인다. 이후 그는 두 번째 자서전인 『나의 속박 나의 자유』에서 세인트 마이클스에 간 때를 1833년으로, 코비의 집에서 일한 때를 1834년으로, 프리랜드 집에서 일한 때를 1835년으로 정정하였으므로 연보에서는 정정된 연도로 정리하였음을 밝혀둔다.

1836년	탈출 계획이 탄로남. 탈출을 계획한 프레더릭과 다른 노예들이 이스턴에 투옥됨. 토머스 얼드가 프레더릭을 볼티모어로 돌려보냄. 백인 동료 견습생들에게 잔인하게 구타당함. 코킹 기술을 배움. 안식일 학교에 참여하고, 자유 흑인 애나 머레이를 만남.
1838년	기차와 배를 타고 북부로 탈출. 뉴욕에서 애나 머레이와 결혼. 아내와 함께 뉴욕을 떠나 매사추세츠주 뉴베드퍼드로 감. 이름을 프레더릭 더글러스(Frederick Douglass)로 변경함.
1839년	윌리엄 로이드 개리슨, 웬델 필립스 등 노예폐지론자 지도자들 연설을 처음으로 듣게 됨. 프레더릭에게 폐지론은 "새로운 종교"가 됨.
1841년	개리슨이 뉴베드퍼드 반노예제 회의에서 더글러스의 연설을 듣고 그의 능력에 감동 받음. 낸터킷 대회에서 백인이 대다수인 청중 앞에서 연설하여 큰 호응을 이끌어 냄. 3개월간의 테스트기간 동안 매사추세츠 반노예제 단체 연설가로 고용됨.
1842년	3,500마일을 여행한 뒤, 반노예제 연설가로 고용되어 군중을 끌어모으고 웅변가로 높은 평가를 받음.
1845년	『노예의 삶, 인간의 목소리』가 출판되어 자신의 출신과 생애 및 탤벗 카운티 노예 생활의 초창기 모습을 드러냄. 체포되어 다시 노예가 되는 것을 피하는 한편, 영국에 반노예제 운동을 전파하기 위해 미국에서 영국으로 이동함.
1846년	영국 추종자들이 모금한 150파운드(711.66달러)를 내고 휴 얼드로부터 노예해방서류를 받게 됨. 볼티모어카운티 법원에 노예해방서류를 제출하고 자유인이 됨.
1847년	개리슨과 필립스의 격렬한 반대에도 불구하고 영국인들의 지원으로 신문 『북극성』을 창간할 계획을 발표. 『북극성』 창간호가 뉴욕주 로체스터에서 출판되며, 이후 20년 동안 그곳에 거주함. 매사추세츠주 스프링필드에서 존 브라운을 만남. 노예제도 폐지를 위해서는 폭력 투쟁이 필요하다는 존 브라운의 주장에 큰 영향을 받음.
1848년	뉴욕 세네카 폴스에서 열린 최초의 여성 권리 협약에 참석. 여성의 투표권을 위한 평생 캠페인을 시작.
1851년	노예제도를 종식시키기 위한 정치적 행동에 대해 의견이 엇갈려 개리슨과 공개적으로 결별. 이후 둘은 정치적으로 적이 됨.

1852년	더글러스의 유명한 연설 「7월 4일은 노예에게 무엇인가」를 로체스터에서 강연.
1855년	두 번째 자서전 『나의 속박 나의 자유』를 출판. 뉴욕 이타카에서 열린 자유당 대회 참석. 미국 흑인 최초로 뉴욕주 국무장관직에 지명됨.
1858년	존 브라운이 노예 반란을 장려하기 위해 계획하는 동안 로체스터에 있는 더글러스의 집에 머뭄.
1859년	펜실베니아 챔버스버그 근처 채석장에서 존 브라운을 비밀리에 만나, 존 브라운의 하퍼스 페리 습격 계획을 알게 됨. 브라운이 합류를 권하지만 더글러스가 거부함. 필라델피아에서 「자수성가한 사람들」 강연을 함. 하퍼스 페리를 습격한 존 브라운의 소식으로 강연 중단. 존 브라운의 공범 혐의로 체포되는 걸 피하기 위해 캐나다로 도피, 퀘벡에서 영국으로 항해하여 6개월 동안 머뭄.
1860년	망명 생활에서 돌아옴. 링컨이 미합중국의 제16대 대통령으로 선출됨.
1863년	미국 정부의 대리인으로 흑인 병사들을 연방군으로 모집. 『흑인들이여, 무기를 들어라』를 발행. 흑인 군대를 모집하기 위해 북부 전역을 다님. 아들 루이스와 찰스가 가장 먼저 입대하여 두 사람 모두 매사추세츠 제54연대와의 전투를 치름. 링컨 대통령으로부터 유니온 전선을 안전하게 통과할 수 있는 허가를 받음. 『북극성』과 『프레데릭 더글러스 신문』 후속인 『월간 더글러스』 출판을 중단. 15년간의 편집자 경력을 끝내고 흑인 군인을 모집하기 위해 남부로 가기로 함.
1864년	메릴랜드 해방. 26년 만에 처음으로 메릴랜드 방문. 볼티모어에서 6차례의 강연을 함. 30년 동안 못 만났던 누이 일라이저와 재회. 볼티모어 베델교회에서 「메릴랜드에 전하는 다정한 말」이란 강연을 함.
1865년	버지니아주 애포매톡스에서 남부가 항복하며 남북전쟁이 끝남. 더글러스를 기리기 위해 볼티모어에 설립된 흑인 어린이를 위한 학교인 더글러스 연구소 개관식에서 강연함.
1870년	미국수정헌법 제15조*가 비준됨.
1872년	평등권당에 의해 빅토리아 C. 우드헐과 함께 미국 부통령 후보로 지명되었으나, 그랜트 재선을 위해 캠페인을 함. 더글러스는 가족과 함께 워싱턴으로 이사함.

1877년	러더퍼드 헤이즈가 제19대 미국 대통령으로 선출되고, 더글러스를 컬럼비아 특별구(워싱턴 D.C.)의 U.S. 보안관으로 임명함.
1878년	워싱턴 D.C.의 아나스코샤에 15에이커 부지인 "삼나무 언덕"을 구입함. 가을에 이곳으로 가족과 함께 이사했고, 사망 시까지 머뭄. 현재 "프레더릭 더글러스 국립 역사 유적지"로 지정됨. 메릴랜드의 이스턴 방문. 터커호에서 그의 출생지를 찾음.
1879년	더글러스 흉상이 로체스터시에 기증됨.
1881년	세 번째 자서전인 『프레더릭 더글러스의 생애와 시대』를 출판. 가필드가 미국의 제 20대 대통령으로 선출되고, 더글러스를 컬럼비아 특별구(워싱턴 D.C.)의 행위 기록관으로 임명.
1882년	약 44년간 함께 한 아내 애나가 사망.
1884년	그의 전 비서였던 백인이자 20살 연하 헬렌 피츠와 결혼.
1889년	벤저민 해리슨 대통령이 23대 미합중국 대통령으로 선출되고, 더글러스를 아이티 주재 장관 및 총영사로 임명함. 산토 도밍고의 대리 대사이자 아이티 주재 장관으로 임명됨.
1891년	아이티 주재 장관 및 총영사 사임.
1893년	남부의 린치법에 대한 그의 오랜 분노를 강력히 표현한 마지막 명연설인 「시간의 교훈」을 강연함.
1895년	워싱턴 D.C.에서 열린 전국 여성 협의회 아침 회의에 참석. 저녁에 "삼나무 언덕"에서 사망. "삼나무 언덕"에서 가족 장례식이 거행됨. 시신은 워싱턴에 있는 메트로폴리탄 아프리카 감리교회로부터 로체스터 시청에 안치되어 로체스터 교회에서 공식적인 장례식이 거행되었고, 로체스터의 마운트 호프 공동묘지에 안장됨.